I0650103

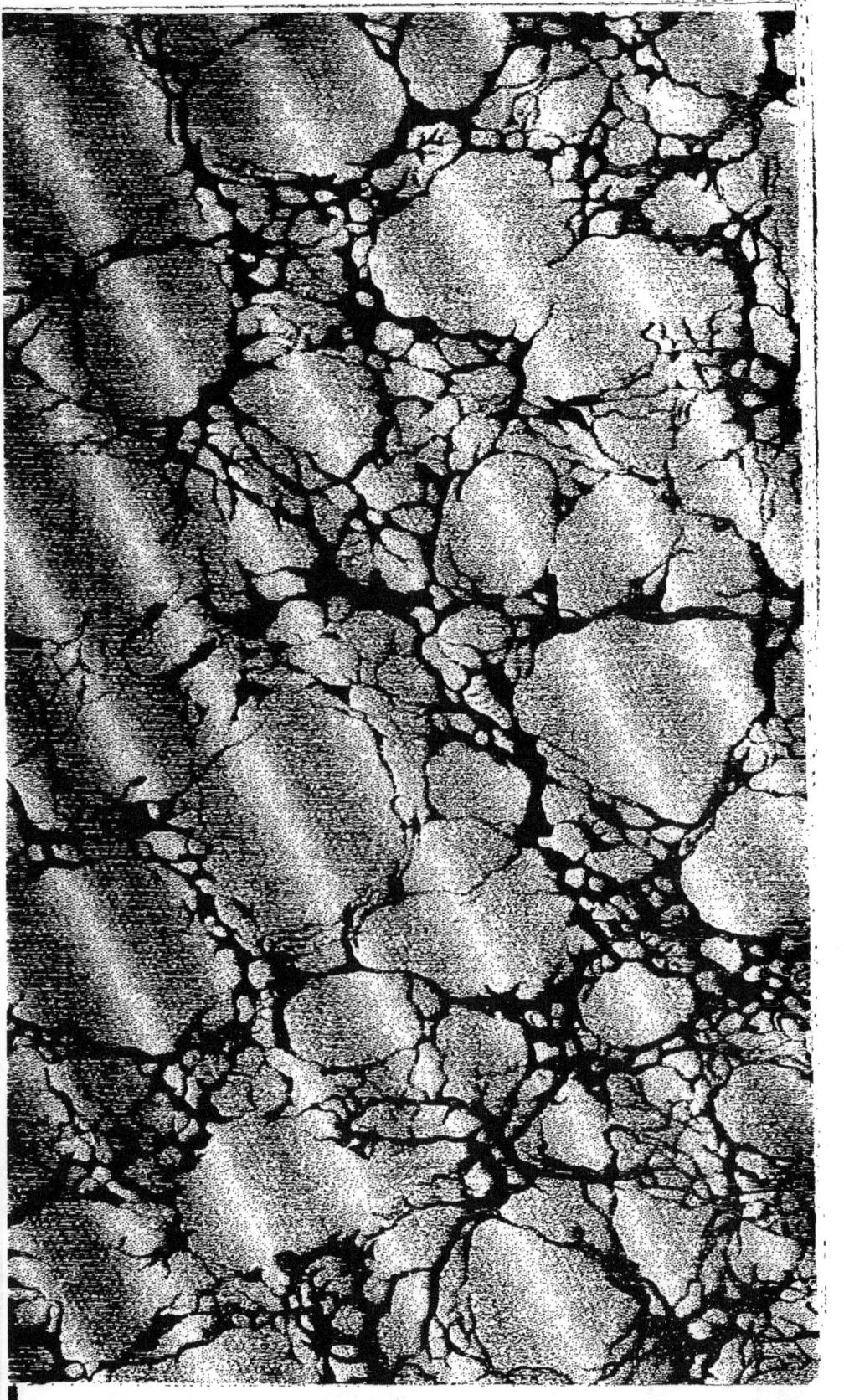

LA

BARONNE AMALTI

OUVRAGES DU MÊME AUTEUR

HISTOIRE

LE MINISTÈRE DE M. DE MARTIGNAC ET LES DERNIÈRES ANNÉES DE LA RESTAURATION, d'après des publications récentes et des documents inédits (ouvrage couronné par l'Académie française, 1 vol. in-8°).

LA VÉRITÉ SUR L'ESSAI DE RESTAURATION MONARCHIQUE, 1 vol. in-18.

LE CARDINAL CONSALVI, 1 vol. in-8°.

ROMANS

Les Aventures de Raymond Rocheray . . . . . 2 vol.
Le Prince Pogoutzine . . . . 1 —
Le Roman de Delphine . . . . 1 —
Le Missionnaire . . . . 1 —
Fleur de péché . . . . 1 —
Le Roman d'une jeune fille . . . . 1 —
Un Mariage tragique . . . . 1 —
Henriette (fragments du journal du marquis de Boisguerny) . . . . 1 —
Daniel de Kerfons (confession d'un homme du monde) . . . . 2 —
Le Crime de Jean Molory . . . . 1 —
La Petite sœur . . . . 1 —
Une Femme du Monde . . . . 1 —

EN PRÉPARATION

Histoire de cinq ans (1871-1876) . . . . . 2 vol. in-8°.
Le Procès des Ministres (1830).

CLICHY.— Imp. PAUL DUPONT, 12, rue du Bac-d'Asnières. (515, 5-7.)

LA
BARONNE AMALTI

PAR

ERNEST DAUDET

PARIS

E. DENTU, ÉDITEUR

LIBRAIRE DE LA SOCIÉTÉ DES GENS DE LETTRES

PALAIS-ROYAL, 15-17-19, GALERIE D'ORLÉANS

—

1877

LA
BARONNE AMALTI

I

On dansait au château de Maravieux, en Touraine, chez la princesse de Laurières, à l'occasion du mariage de l'ainée de ses petites-filles, Régine de Châteaufort, avec le marquis Antoine de Saint-Alvère, futur héritier du titre et des biens du duc de Fontenailles, son aïeul. En même temps

que ses dix-sept ans et une fortune royale,
la fiancée apportait en dot à son époux un
cœur candide, une imagination chaste, ainsi
qu'une éclatante beauté blonde, d'un caractère séraphique, égale à la beauté prover-
biale des femmes de sa maison, où par un
privilége rare, semble se transmettre, intacte et jamais altérée, une pureté de traits
qui fait d'elles des types exquis de vierges
et de saintes. On disait que mieux douée
que sa mère, elle joignait l'esprit à la
beauté, un esprit mordant et fin, comme
celui de la vieille princesse. On le disait;
mais en réalité on en était réduit aux con-
jectures, car, sortie du couvent depuis six
mois à peine, Régine ne s'était pas encore
laissé connaître, ni révélée.

Le marquis de Saint-Alvère avait trente
ans, une aimable figure, les grands airs d'un
gentilhomme, la bonne grâce et la belle

humeur qui dénotent un heureux caractère. Ne sachant rien de lui, ni de son passé, ni de son âme, n'ayant pas eu le temps de l'aimer, n'osant encore se croire aimée, Régine s'était contentée de ces qualités de surface, avec l'espoir qu'elles suffiraient à devenir les assises d'un bonheur durable.

Son mariage devait être célébré le surlendemain. Ce soir-là, on signait le contrat. La princesse de Laurières et sa fille, veuve du duc de Châteaufort et mère de Régine, avaient convié aux noces les nombreux alliés des deux familles et leurs amis. Soixante personnes étaient logées au château de Maravieux. On en comptait autant à Fontenailles, chez le vieux duc, grand-père et tuteur du fiancé. Enfin les propriétaires voisins, qui vivaient en bons termes avec Maravieux, s'étaient gracieusement partagé les autres invités.

A dix heures du soir, la fine fleur de la
haute noblesse de France se pressait dans
les salons du château, décorés de toutes les
richesses amassées peu à peu par les vingt
générations qu'avait abritées cette antique
demeure. On dansait dans la grande galerie,
qui descend directement sur la pièce d'eau
par un perron monumental. Le soir était
doux et tiède. La lune mettait à la surface du
lac de tremblantes traînées d'argent, entre
lesquelles de longs sillons d'ombre se
frayaient un passage, tout parsemés d'in-
nombrables gerbes d'or, reflet des étoiles.
Par la porte et les croisées ouvertes, les parfums de la nuit montaient du parc, dans des
bruits de musique et de chants qui se faisaient entendre chaque fois que l'orchestre
s'arrêtait pour laisser aux danseurs quelque
repos. Des barques illuminées et pavoisées
glissaient sur l'eau, promenant tour à tour

tous ceux qui voulaient goûter sans en rien
perdre le charme féerique de cette soirée.

Vers onze heures, comme les violons
jetaient aux échos les derniers accords d'une
valse, tandis que le marquis de Saint-Alvère
ramenait lentement à sa place, après avoir
dansé avec elle, mademoiselle de Châteaufort, toutes les têtes se tournèrent soudainement vers l'entrée, du côté des salons, et
tous les yeux se fixèrent sur une jeune
femme qui venait d'apparaître au seuil de la
galerie, comme si elle eût cherché quelqu'un.
Elle était élégante et jolie, petite et mince,
d'une blancheur éclatante que mettait en
relief la couleur rousse de ses cheveux bou-
clés autour de son front et couvrant sa nuque
et son dos de leur flot d'or jaune. Son visage
aux lignes parfaites avait la beauté délicate
d'une figure de Clodion. Le regard vivant,
rieur, profond, comme traversé d'un rayon

mystérieux, révélait une nature mobile,
toute de premier mouvement, ardente et passionnée.

— Connaissez-vous cette belle personne,
monsieur de Saint-Alvère? demanda mademoiselle de Châteaufort à son fiancé.

Antoine, qui ne regardait qu'elle en ce
moment, porta les yeux dans la direction
qu'elle indiquait et vit la nouvelle venue. Il
ne put retenir un tressaillement, ni cacher
sa pâleur.

— Comme vous êtes ému! s'écria Régine.

Il fit effort pour recouvrer son sang-froid
et y parvint.

— C'est la joie de vous aimer, mademoiselle, murmura-t-il, si bas qu'elle entendit à
peine cet aveu qui la troublait délicieu-
sement.

Elle accepta cette explication sans que

l'ombre même d'un doute vînt effleurer sa crédulité. Antoine reprit :

— Je connais cette femme, et vous devez aussi la connaître. Elle est votre voisine. Elle habite à deux lieues d'ici, sur la route de Fontenailles, le petit château de Mailleforte. C'est là baronne Amalti.

— J'en ai entendu parler souvent. C'est donc là cette fière beauté dont on vante tant l'élégance et l'esprit ! Figurez-vous que le bruit de ses succès dans le monde nous arrivait même au couvent. Je ne m'attendais pas à la voir ce soir, car l'autre jour, en dressant la liste des invitations, ma grand'-mère disait que la baronne était en voyage.

— Je le croyais aussi. Elle était partie, il y a quelques semaines, pour rejoindre son mari à Stockholm, où il remplit les fonctions de secrétaire de la légation de France. Mais le voici lui-même, fit Antoine surpris et de plus en plus embarrassé.

Un homme jeune encore, grand, robuste et très-brun, venait en effet de paraître auprès de la baronne Amalti et lui parlait à demi-voix. Elle l'écoutait en souriant, sans le regarder, respirant le bouquet de roses-thé qu'elle tenait à la main, très-indifférente en apparence aux paroles qu'il lui adressait et dominée par une préoccupation étrangère à ses propos. Elle ne lui répondit qu'un mot.

Il la quitta tandis qu'elle s'avançait vers un groupe de femmes, parmi lesquelles deux ou trois lui étaient connues. Puis, après avoir échangé avec elles un serrement de mains, elle sortit du côté de la pièce d'eau, entourée de quelques hommes qui étaient venus la rejoindre, et sans avoir vu le marquis de Saint-Alvère que cachait, très-innocemment d'ailleurs, mademoiselle de Châteaufort debout devant lui.

Quand elle eut passé, Antoine, troublé comme un homme qui vient d'échapper à un péril, se leva ; alléguant un prétexte futile, il laissa Régine au milieu des jeunes filles qui l'entouraient en causant gaiement avec elle, et s'éloigna dans la direction opposée à celle qu'avait prise la baronne Amalti. Mais, au seuil de la galerie, il se trouva face à face avec le duc de Fontenailles. Cet aimable vieillard, qui promenait fièrement à travers les splendeurs de cette fête ses quatre vingts ans et sa vigoureuse santé, arrêta son petit-fils en lui touchant le bras.

— Ah ! c'est vous, grand-père ! s'écria le marquis arraché subitement à ses préoccupations.

— La princesse te cherche, mon enfant ! Elle est très-émue, je ne sais pourquoi. Elle

1.

assure que toi seul peux la rassurer. Cours la rejoindre ; mais avant tout, ajouta le duc en regardant Antoine dans les yeux, écoute-moi. L'autre est ici. J'espère que tu ne vas pas faire de sottises.

— Eh ! soyez sans crainte, cher bon père ! s'écria le marquis en fuyant.

Il trouva la princesse seule, dans un petit salon, à l'extrémité des appartements. En le voyant, elle s'élança vers lui. Sous ses beaux cheveux blancs, encadrant son front sans rides, le visage de la princesse exprimait l'inquiétude la plus vive.

— Saviez-vous que la baronne Amalti était rentrée à Mailleforte, Antoine ? demanda-t-elle vivement. Saviez-vous qu'elle dût venir ce soir ? Savez-vous qu'elle est venue ?

Au lieu de répondre sur-le-champ, Antoine, d'un tendre élan filial, prit dans ses

mains celles de la princesse, les baisa res-
pectueusement, puis, entraînant avec sollicitude la grand'mère de Régine jusque
vers un fauteuil, il l'obligea à s'y asseoir ;
il se mit à genoux devant elle, en disant :

— D'abord daignez vous apaiser, chère
princesse ; si Régine vous voyait dans cet
état à cause de moi, elle croirait que j'ai
commis un crime.

— Ne plaisantez pas, Antoine, il s'agit
du bonheur de ma chère enfant, du bonheur de toute sa vie. S'il était compromis,
sa mère ne me pardonnerait jamais d'avoir
voulu ce mariage, et moi, je ne m'en conso-
lerais pas.

— En quoi ce bonheur est-il menacé, je
vous prie ? Est-ce par l'arrivée subite de
madame Amalti ? Si vous l'avez pensé, accor-
dez-moi la liberté de vous détromper et de
vous répéter qu'entre elle et moi, tout est

fini, bien fini. Je ne l'aime plus. Il y a trois
mois, peu de temps après son départ pour la
Suède, je lui ai écrit afin de lui annoncer
mon mariage et de lui faire comprendre que
désormais je ne pouvais être pour elle autre
chose qu'un ami.

— Vous m'avez dit, je crois, qu'elle ne
vous a pas répondu.

— C'est vrai, je n'ai rien reçu d'elle.

— Voilà bien ce qui m'épouvante. Elle ne
vous a pas répondu, Antoine ; elle est arrivée.

— Mais tous les ans, n'est-ce pas à cette
époque-ci qu'elle vient à Mailleforte ? Elle
ne fait jamais de bien longs séjours auprès
de son mari, quand il réside à l'étranger.
D'ailleurs, ajouta le marquis en se relevant,
serait-elle animée des plus mauvais desseins,
en quoi cela peut-il changer mes dispositions ?

— Mon enfant, quand on a aimé une femme

pendant longtemps, on ne rompt pas aisément les liens qui vous attachent à elle.

— Ces liens sont détruits cependant, et les efforts qu'elle pourrait tenter pour les renouer seraient vains. J'aime Régine, je l'aime avec ma raison, avec mon imagination, avec mon cœur, et je ne saurais plus conserver pour madame Amalti d'autres sentiments que ceux qui peuvent honnêtement survivre à l'amour que j'ai eu pour elle. L'amour ! répéta Antoine, avec un sourire triste qui exprimait bien les amertumes de son cœur désabusé. Était-ce de l'amour ? J'avais vingt-cinq ans lorsque je la connus. Je fus charmé par son sourire, séduit par sa grâce. J'osai lui faire l'aveu du trouble qu'elle avait déchaîné dans moi ; son mari était loin ; elle ne l'avait d'ailleurs jamais aimé... Cette liaison commença ainsi. Pendant longtemps il nous fut possible de la cacher ; puis, je

ne sais comment elle s'ébruita. J'eus alors
bien des envieux ! ah ! s'ils avaient su ce
qui se passait en mon cœur, ils ne m'auraient point envié, princesse. La vérité, c'est
que moins d'une année après le jour où
j'avais connu Juliette, je ne l'aimais plus.

— Elle est donc bien habile et bien dangereuse, puisqu'elle vous a gardé quatre ans
encore ! objecta la princesse.

Le marquis fit un geste de dénégation.

— Ce n'est pas elle qui m'a gardé, madame, c'est l'habitude ; c'est aussi la pitié. Je
ne l'aimais pas, mais elle m'aimait, et j'éloi-
gnais sans cesse le moment où, pour reconquérir ma liberté, je serais obligé de déchi-
rer son cœur. Un jour j'ai vu Régine, et sans
effort, sans héroïsme, j'ai eu le courage de
vouloir. Entre la baronne et moi, tout est
fini, brisé...

— C'est très-éloquent, ce que vous dites

là, fit alors finement la princesse à demi convaincue ; mais je serais beaucoup plus tranquille si je pouvais pénétrer dans votre cœur.

— Et pourquoi, bon Dieu ?

— Pour m'assurer moi-même que vous ne
me trompez pas ; non que je doute de votre
franchise, mon enfant, mais parce que vous
êtes encore à l'âge des illusions. Vous dites
que c'est fini, que c'est brisé, et c'est de bonne
foi que vous le dites ; mais si la baronne paraissait là, devant vous, si elle prononçait
d'une certaine manière à laquelle cinq années
ont dû vous accoutumer, certaines paroles,
celles que sa bouche prononçait le plus souvent, seriez-vous si fort que vous le préten-
dez ?

— Je l'espère, dit vivement le marquis,
cherchant à cacher la terreur soudaine que
l'hypothèse émise par la princesse venait de
faire naître en lui.

— Dieu vous entende, Antoine ! soupira celle-ci.

Elle se leva pour rejoindre ses invités, Antoine la retint. Il éprouvait le besoin de la rassurer, de se rassurer lui-même.

— Vous m'avez interrogé, madame, reprit-il, je vous ai répondu, en vous répétant ce qu'à diverses reprises, je vous avais déjà raconté. Vous ne me croiriez pas, vous, la plus indulgente et la plus expérimentée des femmes, vous ne me croiriez pas si j'affirmais que je pourrais me retrouver en présence de madame Amalti, indifférent et dégagé de toute émotion. Les souvenirs ont trop de puissance sur nous pour que de longtemps il me soit donné de la revoir sans perdre quelque chose de ma sérénité. Mais vous me croirez du moins, chère mère, quand je vous dirai qu'entre l'enfant candide, trésor précieux dont votre bonté, votre confiance et mon étoile ont confié le bonheur à mes mains, et cette femme qui ne peut être mienne sans trahir et sans me faire trahir des devoirs devenus maintenant pour moi aussi impérieux que pour elle, mon choix est fait. Je suis honnête homme, et pour conjurer le péril, s'il devait naître, ma loyauté aurait un complice : mon amour.

— Bien, bien, Antoine ! je vous crois, et je suis maintenant tranquille. Ramenez-moi auprès de Régine, qui ne doit pas savoir ce que vous ètes devenu.

La princesse s'appuya sur le bras de son futur petit-fils ; mais, au moment de franchir le seuil du salon dans lequel ils se trouvaient, elle l'arrêta tout à coup.

— J'ai la certitude que la baronne n'est venue ici ce soir que pour chercher l'occasion de vous parler, ajouta-t-elle. Si vous la rencontrez, si elle vous adresse la parole, que ferez-vous ?

— Mais je lui répondrai, chère princesse.

— Ne préférez-vous pas vous en aller? Je trouverais très-naturel que vous fussiez lâche devant un semblable danger.

— Oh! vous vous moqueriez un jour de moi si je fuyais, répliqua le marquis avec enjouement. D'ailleurs, ce serait à recommencer demain. Fiez-vous à ma prudence. Je suis amoureux comme un fou et en état de braver tous les dangers.

La princesse n'insista plus. Ils revinrent lentement vers la galerie, mais ne purent y entrer. La foule se pressait aux portes. La circulation se trouvait interrompue par la valse. La princesse s'assit près de madame de Châteaufort et dit à Antoine :

— Je ne veux pas vous accaparer plus

longtemps, mon enfant, ni vous retenir loin
de Régine. Tâchez de la rejoindre.

Antoine ne se fit pas prier. Il avait hâte,
non d'aller retrouver sa fiancée, mais d'être
seul. Il parvint à traverser la galerie et à
gagner le grand perron qui formait terrasse
du côté de l'eau. La plupart des personnes
qui ne dansaient pas se tenaient en cet endroit, où l'on pouvait goûter la fraîcheur délicieuse d'une soirée clémente. Des femmes
élégantes, que cette splendide nuit rendait
toutes belles, s'accoudaient, enveloppées
dans leur sortie de bal, aux balustrades de
marbre qui dominaient le lac. Elles causaient
gaiement ou écoutaient les galants propos des
flatteurs, jeunes et vieux, pressés autour
d'elles. Qnelques-unes, plus audacieuses ou
moins prudentes, livraient aux caresses de
l'ombre leurs épaules et leurs bras nus.
D'autres se faisaient promener sur les ba-

teaux d'où s'élevaient, dans le tumulte des
orchestres, dans la rumeur des voix, dans le
bruit clair des rires, les accents mélodieux
que la poésie de ces heures enchantées faisait monter des cœurs sensibles aux lèvres
éloquentes. Dans les futaies qui bordent les
rives du lac on avait suspendu des lanternes
de couleur. Les eaux et le paysage s'embra-
saient de lueurs empourprées, qui laissaient
voir les barques légères glissant mollement
sur l'onde.

Ce spectacle ne parvint pas à arracher le
marquis aux préoccupations douloureuses
qui s'étaient emparées de son esprit depuis
le moment où il avait vu paraître la baronne
Amalti, qu'il croyait bien loin de Maravieux.
Obsédé d'une angoisse indicible qui pesait
sur son cœur, il passa parmi les groupes
bruyants, arriva jusqu'à l'extrémité de la
terrasse et, s'y trouvant seul, il essaya, tout

en suivant distraitement des yeux le jeu des lumières sur les eaux, de se rendre compte de sa situation. Quelle qu'eût été la netteté des déclarations qu'il venait de faire à la princesse, quelle que fût l'énergie de sa volonté, l'arrivée de celle qu'il nommait Juliette le troublait étrangement et l'alarmait.

— La princesse a raison, pensait-il. Si Juliette est revenue de Suède sans avoir répondu à ma lettre, si elle est ici ce soir, si elle me cherche, — et c'est moi qu'elle cherche, je ne peux en douter, — c'est qu'elle est résolue à ne pas me rendre libre, à s'opposer à mon mariage. Comment s'y prendra-t-elle pour l'empêcher? Je n'en sais rien; elle n'en sait rien elle-même, sans doute; mais l'amour et la colère, — la colère plus encore que l'amour, — lui suggéreront quelque plan redoutable qu'à tout prix elle voudra exécuter. On n'a pas vécu cinq

années auprès d'une femme, dans l'intimité
que crée l'amour, sans la connaître, se disait
encore Antoine, et je connais bien Juliette
capable d'une abnégation héroïque et capable
aussi d'une résistance indomptable. En pro-
fitant de son absence pour tenter de rompre
notre liaison et pour me marier, j'ai joué un
jeu terrible. Si je ne gagne pas la partie,
c'est le bonheur de Régine qui sera compromis. Quoi! cette adorable fille, innocente et
pure, que je vais aimer, je le sens bien,
puisque j'aspire à conquérir sa tendresse,
n'aurait eu confiance en moi que pour devenir malheureuse! Et moi, je ne l'aurais
voulue que pour la perdre, maintenant que
j'ai admiré ses vertus et sa grâce!

Cette pensée le bouleversa. Il songeait en
même temps à son grand-père, le duc de
Fontenailles, qui avait si passionnément dé-
siré ce mariage, à cette aimable princesse de

Laurières, à madame de Châteaufort, à tous ceux enfin dont le bonheur de Régine et le sien formaient à cette heure l'unique préoccupation, et il arriva à cette conclusion que, quelque respectable que fût le désespoir de la baronne Amalti, quelque pitié qu'elle pût mériter, son premier devoir à lui consistait à se défendre contre elle, si elle le menaçait.

— Après tout, suis-je son débiteur? se demanda-t-il. Elle m'a aimé, c'est vrai; mais ne lui ai-je pas donné en échange cinq années de fidélité? Elle devait bien prévoir que ce roman ne durerait pas éternellement. Nous le savions par cœur, nous en avions épuisé les plus belles pages, et il ne nous réservait plus, je crois, que de tristes chapitres.

Il en était là de ses réflexions quand un bruit de pas et un frôlement de robe se firent entendre à ses côtés. Il tourna la tête, et sous un rayon de lune, il reconnut la baronne Amalti. Un frisson traversa son cœur. Il fit appel à son courage.

— Bonsoir, Antoine, dit-elle, doucement.

Il voulut répondre, mais il ne put trouver un mot. Comme Juliette lui avait tendu la main, il la prit et se courba pour y poser ses lèvres. Elle ne lui en laissa pas le temps. L'attirant brusquement à elle, elle mit son visage presque sur le sien et reprit d'un accent passionné :

— Ne me saviez-vous pas ici ?

Il eut la force de mentir et de répondre négativement.

— Je vous croyais en Suède, fit-il. C'est là que je vous ai écrit. N'avez-vous pas reçu ma lettre ?

— Oh si ! je l'ai reçue. Je l'ai bien reçue, puisque me voilà.

— C'est la guerre, pensa-t-il.

— Vous avez cru, continua Juliette, qu'il suffirait de m'écrire : « J'ai assez de vous, j'en aime une autre, je vous quitte, » et que je me résignerais au sort inattendu que vous vouliez me faire! Vous vous êtes trompé. Ce mariage est impossible, s'il doit vous séparer de moi.

Quoiqu'elle parlàt à voix basse, il fut épouvanté par la violence et la décision qu'exprimait sa parole. Il devina qu'il n'obtiendrait rien d'elle en ce moment, que la prière serait vaine autant que la menace. Il se contenta d'essayer de l'apaiser.

— Juliette, revenez à vous. On peut vous entendre, et il est inutile d'initier le monde à notre secret.

Elle l'interrompit avec exaltation.

— Notre secret! mais c'est le secret de la comédie. Tout le monde sait ici que vous

2

avez été mon amant. Quand je suis entrée
tout à l'heure dans cette maison, croyez-vous
que derrière les regards qui se sont dirigés
vers moi je n'ai pas distingué une curiosité
malveillante? Notre secret ! répéta-t-elle amè-
rement, mais tous ceux qui m'ont vue ce soir
ont compris que je venais pour défendre mon
bien. Savez-vous ce qu'ils disent en ce moment? Ils se demandent qui l'emportera, de
cette enfant que vous voulez épouser ou de
moi. Ils sont émus, attendris, intrigués,
comme au spectacle, et ils attendent le dénoûment.

Elle s'excitait de plus en plus, enfiévrée
par la présence de cet homme qu'elle aimait
encore et qui voulait la fuir, et surtout par
le contraste qui régnait entre les joyeuses
splendeurs de cette nuit de fête et les angoisses de son cœur. Il eut peur, et, pour
avoir raison d'elle, il se fit humble et doux.

— Je vous supplie de songer qu'on nous
regarde, Juliette, dit-il. Si le souci de mon
repos, du repos des êtres chers dont je suis
entouré ce soir, ne vous touche pas, le soin
de votre dignité, de votre honneur vous
commande d'éviter un scandale dont, après
tout, je ne serais pas seul à souffrir, car, s'il
devait avoir pour résultat de briser l'alliance
que mon grand-père a préparée pour moi, il
en aurait encore un autre, celui de m'éloigner à jamais de vous et de nous séparer
plus sûrement que ne pourra le faire ce mariage auquel vous voulez vous opposer. Je
ne me refuse pas à une explication. Je ne
renonce pas à vous exposer, mieux que je ne
l'ai pu dans une lettre, les motifs graves qui
m'ordonnent de me marier et d'épouser
mademoiselle de Châteaufort ; mais est-ce
ici que je peux m'entretenir avec vous,
alors que vous avez perdu tout sang-froid

èt que moi-même je suis brisé par l'é-
motion ?

Ce langage apaisa bien vite la baronne,
mais il ranima des espérances dangereuses
dans son cœur qui les sentait mourir, et qui,
la première douleur passée et malgré l'exaltation dont Antoine s'était alarmé, se serait
résigné à les perdre plus aisément qu'il ne le
croyait. Juliette n'était pas encore à l'âge où
une douleur d'amour est inconsolable et où
une femme s'attache désespérément à celui
qu'elle aime parce qu'elle sait bien qu'un
autre ne l'aimera plus. Elle avait à peine
trente ans ; elle était dans tout l'éclat de sa
beauté, et le ressentiment dont elle paraissait animée, résultait moins de la blessure
faite à son cœur que de la blessure faite à
son orgueil. Elle avait dit : « Ce mariage est
impossible s'il doit vous séparer de moi ; »
mais cette menace était un va-tout qu'elle

jetait au jeu par dépit sans espérer le succès.
Les paroles imprudentes qu'Antoine venait
de prononcer dans l'unique dessein de l'apaiser, eurent pour conséquence de laisser
croire à Juliette qu'il ne cherchait pas à provoquer une rupture définitive, qu'il se ma-
riait sans amour, par intérêt, pour plaire à
son grand-père, dont il était l'héritier, mais
qu'en réalité, c'était elle qu'il préférerait
toujours.

— Je reconnais que ce lieu n'est guère
propice à une explication, dit-elle, d'un accent
plus doux. Venez me parler à Mailleforte. Il
est minuit. Je vais rentrer sur-le-champ pour
vous attendre. Trouvez-vous à deux heures
dans la grande avenue du parc; mademoiselle Vaulnier ira vous-y prendre pour vous
conduire à mon appartement, comme autrefois.

En entendant la baronne lui assigner ce

rendez-vous, qui devait fatalement renouer
la chaîne de leurs amours et qui ressuscitait
le passé dans ce qu'il avait de plus dange-
reux et de plus terrible, puisque c'est ainsi
que, pendant cinq années, ils s'étaient vus
en secret, Saint-Alvère eut peur.

— Je ne puis aller chez vous la nuit, Juliette. Ce serait horrible. Songez que je suis
presque marié. Le contrat est signé, je ne
m'appartiens plus et je dois éviter toute imprudence. Demain, dans la journée, je me
présenterai à Mailleforte, comme pour vous
faire une visite ; soyez seule et...

— C'est impossible, fit-elle froidement.
Mon mari est ici et passe ses journées auprès
de moi. Nous ne pouvons nous rencontrer
que cette nuit.

— Ce n'est pas moi seulement que j'expose,
reprit Antoine, c'est aussi mademoiselle
Vaulnier.

Elle eut un sourire hautain et railleur.

— Voilà plusieurs années qu'elle affronte le même péril, dit-elle, et jamais vous n'aviez eu ces scrupules. Je la paye d'ailleurs assez cher pour qu'elle me serve jusqu'à la fin.

— Juliette, n'exigez pas que je me trouve à ce rendez-vous.

Elle sentit renaître toutes ses défiances, se rapprocha brusquement de Saint-Alvère et répondit d'un accent de menace :

— Je l'exige, au contraire. Antoine, ne me poussez pas à bout.

Puis, passant subitement de ce ton de dure exigence à celui de la prière, elle ajouta :

— Ne me refusez pas la dernière grâce que j'aurai peut-être à solliciter de vous.

— Se résignerait-elle ? se demanda-t-il sans rien deviner des intentions de Juliette.

Il lui répondit alors :

— Eh bien ! soit, j'irai, puisque vous le voulez.

Un sourire que la nuit lui déroba passa sur les traits de la baronne Amalti. Elle tenait encore Antoine, puisqu'il n'avait osé lui résister. Elle était donc victorieuse.

— Offrez-moi votre bras et rentrons dans le bal, lui dit-elle. Il faut que tous ceux qui sont ici comprennent clairement ce soir que si ce mariage se fait, c'est que je l'ai voulu et que j'y suis résignée. Il n'est pas de meilleur moyen de dissiper les soupçons et de répondre à la malveillance.

Antoine obéit. Ils traversèrent lentement la galerie, où leur présence fit sensation. Juliette passait le front haut, souriante, un masque d'indifférence et de sérénité sur son visage, saluant les femmes qui la regardaient curieusement aussi bien que les hommes qui s'écartaient pour lui faire place, et dont

quelques-uns, — ceux qui étaient dans le
secret de cette liaison que le mariage de
Saint-Alvère devait rompre, — s'extasiaient
sur le courage et l'esprit dont elle faisait
preuve dans cette crise suprême de sa vie.
Elle voulut connaître Régine de Châteaufort. Antoine les mit en présence. Quand
la baronne eut adressé quelques paroles ai-
mables à sa rivale, dont la grâce originale,
quoique pleine de promesses, ne pouvait
lutter encore avec sa luxuriante beauté de
bacchante au repos, elle l'embrassa sur le
front et, lui souhaitant un durable bonheur,
elle ne quitta Saint-Alvère que pour prendre
le bras de son mari.

— Tous mes compliments, mon cher, dit
le baron en serrant affectueusement les
mains d'Antoine. Elle est tout à fait charmante, votre future.

Un rapide mais éloquent regard de Ju-

liette rappela au marquis la promesse qu'il
lui avait faite. Il s'inclina, tandis qu'elle
s'éloignait avec son mari pour remonter en
voiture. Au moment où elle venait de disparaître, Antoine fut rejoint par la princesse
de Laurières.

— Eh bien! mon enfant, vous lui avez
parlé? Pouvez-vous me rassurer? demanda-
t-elle.

Quoique douloureusement préoccupé, il
parvint à sourire et répondit du ton le plus
enjoué :

— Mais certainement, chère mère. La
baronne avait reçu ma lettre à Stockholm.
Elle a compris que cette liaison ne pouvait
durer éternellement, que le mariage était
pour moi un devoir, et elle s'est résignée.
C'est même pour me le dire qu'elle est
venue ce soir. Elle souffre, mais elle est
courageuse.

— Pauvre femme! soupira la princesse. J'ai eu bien peur quand je l'ai vue entrer. J'ai cru qu'elle venait vous reprendre.

— Mais je ne me serais pas livré!

La princesse haussa les épaules et répondit avec bienveillance :

— Ne dites pas ce que vous auriez fait ou ce que vous n'auriez pas fait, mon enfant. On est bien faible en présence d'une femme qui pleure.

Saint-Alvère eut un geste de défi. Quelle que fût son inquiétude secrète, il était bien éloigné de penser que, quelques heures plus tard, il allait constater à ses dépens l'exactitude des prévisions de la princesse. Le rendez-vous auquel il avait eu la faiblesse de consentir produisit en effet des résultats tout contraires à ceux qu'il en attendait. Il espérait faire à la sagesse de Juliette, à son amour même, un pressant

appel et obtenir qu'elle le laissât libre. Cet
espoir seul avait pu le déterminer à s'exposer une dernière fois aux périls d'une telle
entrevue ; malheureusement, il ne se réalisa
pas. Tant qu'Antoine ne parla que pour
convaincre Juliette de la nécessité du mariage qui la désespérait, elle l'écouta patiem-
ment, résignée à subir son destin ; mais
quand il tenta de lui démontrer que toutes
relations devaient être rompues entre eux,
elle se révolta. Elle ne voulait pas consentir
à ne plus le voir.

— Vous savez de quoi je suis capable,
lui dit-elle. N'attendez pas de moi que je
me résigne à vivre séparée de vous. Je
consens à vous partager, puisque le souci
de votre fortune m'impose ce sacrifice ;
mais à vous perdre, jamais ! Si vous ne vous
engagez pas sur l'honneur, ce soir, à me
laisser une part de votre tendresse, à me

garder un coin de votre cœur, je briserai demain, par quelque éclat scandaleux qui nous compromettra ensemble pour jamais, cette union qui vous enlève à moi et m'atteint dans mon bonheur le plus cher.

Ces menaces n'étaient que sur ses lèvres, elles n'étaient pas dans son cœur. Si Saint-Alvère avait eu le courage de se défendre énergiquement et de se montrer résolu à rompre, Juliette n'aurait pas trouvé au dedans d'elle celui de les mettre à exécution. Il le devinait vaguement et ne s'effraya pas d'abord outre mesure des plaintes amères qu'elle fit entendre ; mais après avoir menacé, elle supplia. La prière émut Antoine bien plus que la menace. Juliette fut éloquente pour rappeler le passé, pour énumérer tout ce qu'en cinq ans elle avait sacrifié à cette liaison qu'il voulait maintenant détruire. Elle se refusa énergiquement

3

à recevoir un dernier, un suprême adieu, et
troublé, pris de pitié, peut-être, repris
d'amour, se disant qu'une fois marié, il saurait bien se soustraire aux engagements
qu'elle lui demandait, ce n'est pas un adieu
qui tomba de sa bouche dans le baiser qu'il
lui donna au moment de la quitter, mais
une promesse de la revoir.

En sortant à quatre heures du matin de
la chambre où avait eu lieu cette fiévreuse
entrevue, il trouva dans une pièce voisine
mademoiselle Alice Vaulnier, qui l'avait
introduit et qui l'attendait pour le faire
sortir du château. Institutrice de l'unique
enfant de la baronne, mademoiselle Vaulnier ajoutait depuis cinq ans à ses fonctions
officielles l'étrange rôle de faciliter et de
surveiller les rendez-vous que Juliette donnait à Antoine. Durant les séjours à Mailleforte, où ces rendez-vous étaient plus diffi-

ciles qu'à Paris, c'est elle qui allait, la nuit, chercher le marquis dans le parc pour le guider à travers les couloirs du château jusqu'à l'appartement de la baronne, en le faisant passer par sa propre chambre. C'est elle encore qui le ramenait le matin, avant le jour, pour le faire partir par la même route.

Cette mission n'était pas sans péril, car mademoiselle Vaulnier pouvait être rencontrée et se trouver ainsi compromise pour avoir voulu trop fidèlement servir ceux dont elle était devenue la complice. Est-ce l'intérêt, est-ce le dévouement qui l'avait disposée à se laisser investir d'une confiance aussi dangereuse? Probablement l'un et l'autre. Elle avait vingt-huit ans, pas de beauté, de l'esprit, un certain charme, et ne cherchait pas à taire qu'il existait quelque part, en garnison dans une petite ville de province, un lieutenant auquel sa main était promise et qu'elle épouserait dès qu'elle aurait complété sa dot. De quoi n'est pas capable une fille qui poursuit un tel but? Ce n'est pas à dire que mademoiselle Vaulnier eût une âme vénale, ni qu'elle pût jamais trahir le secret confié à sa discrétion. Non, elle servait loyalement ceux qui la payaient; mais, si elle les servait un peu par sympathie, elle les servait surtout pour compléter sa dot plus vite.

Au moment où elle se préparait à prendre congé de M. de Saint-Alvère après l'avoir conduit jusqu'à une porte cachée sous un massif de lauriers et par laquelle il était accoutumé à sortir, il la retint en lui prenant la main.

— Je crois, mademoiselle, lui dit-il, que vous nous avez rendu aujourd'hui pour la dernière fois le service que vous êtes accoutumée à nous rendre depuis longtemps. Je tiens à vous remercier.

— Madame la baronne a-t-elle donc consenti à une rupture? demanda discrètement mademoiselle Vaulnier.

— Hélas! non, et j'ai dû lui promettre de la revoir; mais est-ce possible? Je me marie, et puis, s'il faut vous dire la vérité, cette vérité que j'ai tenté de lui faire connaître, je ne l'aime plus.

— Oh! monsieur le marquis, ne le lui avouez jamais, elle commettrait quelque folie.

Antoine ne put contenir un mouvement d'impatience.

— Il faut tâcher de l'apaiser, mademoiselle Alice, s'écria-t-il, c'est votre rôle et votre mission, puisque vous avez quelque affection pour elle. Faites-lui comprendre qu'il y a des situations qui ne peuvent être

éternelles, et qu'à dater de demain j'aurai
des devoirs nouveaux, des devoirs sacrés,
et que je ne peux pas les trahir pour elle.

— Je ne répéterai jamais ces paroles à
madame la baronne, objecta froidement
mademoiselle Vaulnier. Elle me répondrait
avec raison que ses devoirs ne sont pas
moins sacrés que les vôtres et qu'elle les a
trahis pour vous.

— Eh ! je le sais bien, elle ne m'a pas
dit autre chose ce soir, reprit Antoine.
Mais il faut que tout ait une fin. Je serais
un misérable si je n'oubliais à partir d'aujourd'hui les amours de ma jeunesse. J'ai
donné à Juliette cinq années de constance,
cinq années de bonheur. Ce bonheur, je l'ai
prolongé pour elle bien au delà de mon
amour, je ne peux plus le lui procurer.
J'ai essayé de lui faire comprendre cette
terrible nécessité.

— Ce n'est pas assez, monsieur. Il fallait lui parler franchement, résolûment, de ce que vous appelez vos devoirs.

— C'est aisé à conseiller, mademoiselle, moins aisé à faire. Comment se montrer si rigoureux envers une femme qui tour à tour menace, pleure, se plaint, évoque le passé, vous reproche d'avoir détruit sa vie! Non, je ne lui ai rien dit de ce que je voulais lui dire. Je croyais avoir fait des provisions de courage et de fermeté. Une fois en sa présence, il ne m'en est plus rien resté, et, je vous le répète, j'ai dû lui promettre de la revoir.

Antoine s'arrêta pendant une minute, passa fiévreusement ses mains sur son front, comme pour en éloigner une pensée importune; puis se rapprochant de mademoiselle Vaulnier et parlant plus bas, il ajouta :

— Vous pouvez beaucoup, vous, mademoiselle Alice, pour mettre un terme à cette situation intolérable.

— Moi, monsieur !

— Assurément ; la baronne vous honore de ses confidences ; vous êtes la dépositaire de ses secrets. Cela vous permet de faire entendre des conseils qui, renouvelés fréquemment, peuvent à la longue frapper son esprit.

— Ou me faire perdre sa confiance, monsieur le marquis.

Il feignit de n'avoir pas entendu et continua :

— Il ne tient qu'à vous de mettre à nos relations un obstacle invincible ; refusez à Juliette de continuer à braver les périls auxquels vous vous êtes exposée jusqu'ici ! C'est votre droit de ne plus vouloir.

— Je n'oserai jamais causer ce chagrin à madame la baronne.

— Ce serait peut-être le moyen de lui en éviter un plus grand. Vous êtes-vous quelquefois demandé, mademoiselle, ce que nous deviendrions, vous et moi, si nous étions surpris une nuit comme nous voilà maintenant?

Mademoiselle Vaulnier baissa la tête sans répondre.

— J'y ai souvent pensé, moi, ajouta Saint-Alvère. Oui, souvent, quand vous me guidiez, la nuit, à travers ce château, quand vous me cachiez dans votre chambre, je me suis figuré qu'Amalti nous rencontrait tout à coup. Oh! mon parti était pris : pour sauver votre honneur, pour sauver celui de Juliette, j'avais la ressource de vous épouser, si toutefois vous aviez voulu de moi. C'était déjà bien cruel pour vous, mademoi-

3.

selle, pour vous qui, je crois, êtes fiancée à un
homme que vous aimez, d'être exposée à un
péril qui pouvait vous obliger à choisir
entre votre amour et votre honneur. Mais
aujourd'hui ce péril serait plus redoutable
encore, puisque je ne serais plus libre de
réparer le mal que nous vous aurions fait.

— Ce serait très-grave, en effet, répéta
machinalement mademoiselle Vaulnier, toute
troublée par la pensée que de son dévouement aurait pu résulter pour elle une
alliance qui l'aurait faite marquise de Saint-
Alvère pour commencer, et plus tard, du-
chesse de Fontenailles.

— Il faut, vous le voyez bien, que cette
liaison soit rompue. L'honneur et la vie de
trois personnes sont en jeu, et quelque
chose de plus encore, le bonheur d'une
quatrième qui m'est déjà chère.

Ayant prononcé ces paroles avec une

énergie qui eût été plus utile et mieux
placée s'il se fût encore adressé à la baronne, Saint-Alvère s'arrêta pour juger de
l'effet qu'elles avaient produit sur mademoiselle Vaulnier. Au lieu de lui répondre,
celle-ci, montrant d'un geste le ciel voilé
de vapeurs légères qui se teintaient lentement de grises lueurs d'aurore, lui dit :

— Je crois, monsieur le marquis, que vous
n'avez que le temps de rentrer à Fontenailles
avant le jour.

— Vous avez raison, et je pars. Je vous
remercie encore, mademoiselle Alice, de ce
que vous avez fait dans le passé. Veuillez
songer à tout ce qui doit être fait dans
l'avenir. Ai-je besoin d'ajouter que je ne
serai pas ingrat ?

Il lui serra la main, et, traversant en toute
hâte une pelouse au-dessus de laquelle vol-
tigeait un brouillard, il se jeta dans les mas-

sifs qui longeaient la grande avenue. Alice,
debout sur le seuil de la porte entr'ouverte,
cachée par les lauriers, le regardait fuir.

— Voilà donc l'amour! pensa-t-elle. J'ai
vu cet homme se traîner un soir à mes pieds,
me suppliant, la fièvre aux mains, les larmes
aux yeux, de l'introduire auprès de la baronne, qui ne voulait pas le recevoir. Et
maintenant!...

Le marquis avait disparu. Elle ferma la
porte sans bruit, en ajoutant mentalement :

— J'aurais pu l'épouser !

Elle soupira ; puis elle prit le bougeoir
qu'elle avait déposé dans un coin par terre,
et marchant à pas légers, retenant son souffle,
elle se dirigea vers sa chambre, située au
premier étage, à côté de celle de la baronne.
Mais, comme elle arrivait en haut de l'escalier, une ombre se dressa devant elle ; son
sang se glaça. Elle avait reconnu le baron

Amalti. Il la regardait monter, penché curieusement sur la balustrade, et lui barrait la route, d'un air ironique et victorieux.

— D'où venez-vous donc, mademoiselle? demanda-t-il. Voilà plus de cinq minutes que je crois entendre du bruit, un murmure de voix. Avec qui parliez-vous?

Elle comprit qu'il fallait payer d'audace.

— Je ne parlais pas, monsieur, j'étais seule.

— Et vous vous promenez seule, dans le château, à cette heure matinale? fit-il, d'un accent sous lequel elle devina sa défiance et ses soupçons.

— J'étais souffrante et j'ai dû descendre pour aller chercher de l'éther, répondit-elle.

Elle passa fièrement, comme choquée d'avoir été surveillée, tandis que le baron répétait :

— J'aurais juré qu'on parlait du côté de la bibliothèque.

Il s'éloigna en murmurant, tandis qu'elle s'enfermait dans sa chambre, tremblant de fièvre et de peur, et se disant :

— Si le marquis m'avait retenue cinq minutes de plus, nous étions surpris. Il n'est pas encore marié. M'aurait-il offert son nom, pour sauver, comme il disait, l'honneur de la baronne et le mien ?

Elle s'endormit, comme quatre heures sonnaient, sans avoir pu résoudre cette question qui la préoccupait à ce point qu'elle oublia de donner un souvenir à certain lieutenant auquel il lui était doux de penser chaque soir avant de se livrer au sommeil.

Pendant ce temps, Antoine regagnait à travers bois le château de Fontenailles, lequel n'est séparé de Mailleforte que par une distance de trois kilomètres. Les deux propriétés ont leurs parcs contigus. C'est ce voisinage qui non-seulement avait donné naissance à la liaison dont nous racontons les péripéties, mais qui en avait encore favorisé la durée.

Dans la vie accidentée et bruyante de Paris, elle eût été brisée au bout de quelques mois, tandis qu'elle avait trouvé un aliment puissant dans les longs séjours qu'Antoine était obligé de faire, tous les étés, à Fontenailles, auprès de son grand-père, à l'époque où la baronne Amalti résidait à Mailleforte. C'étaient alors des rapprochements de tous les jours, des rencontres de toutes les heures, des rapports incessants et des facilités de rendez-vous, auxquels n'auraient pu résister des âmes mieux trempées que ne l'était leur âme faible et démoralisée.

Pendant cinq années, ils eurent autour d'eux des complices dans les splendeurs

printanières des bois, dans les chansóns de
la séve qui monte de la terre gonflant l'arbre
et le brin d'herbe, dans le murmure des
caux, dans les matins baignés de rosée, dans
les soirs empourprés des dernières lumières
du jour, dans les cieux étoilés, dans les
chaudes nuits d'été, toutes pleines de bruits
mystérieux et de concerts d'oiseaux, en un
mot, dans cette forte poésie de la nature qui
se manifeste à l'âme sous des formes variées,
toujours saisissantes, toujours séductrices et
qui, lui versant comme un poison agréable et
doux l'oubli des fragilités de la terre et des
exigences de la vie, lui fait croire à l'éternité
de l'amour.

Maintenant le charme était dissipé. Cette
route, que tant de fois Antoine avait par-
courue à cette heure crépusculaire, lui semblait longue, sans charmes, et ne lui rappelait que des souvenirs amers. Vainement,

dans les dernières ombres de la nuit, le ciel
se colorant d'or et de pourpre semait d'étin-
celles la cime des arbres, humide de rosée ;
vainement les fauvettes acclamaient de leur
mélodie la naissance du jour ; vainement les
fleurs des bois fermaient lentement leur
calice dépositaire des parfums de la nuit, ce
spectacle qu'il admirait naguère ne le touchait plus. Son cœur était gonflé de tristesse.
Il pleurait ses illusions perdues, les trésors
de tendresse et d'enthousiasme dispersés aux
pieds de celle qu'alors il aimait éperdûment
et qu'il n'aimait plus maintenant ; il se demandait, non sans terreur, si elle allait vouloir
s'imposer à lui et conserver dans son cœur
la place qu'il destinait à une autre. Il rentra
à Fontenailles au moment où l'aube d'une
belle journée d'été se levait radieuse.

Le mariage fut célébré le lendemain dans
la chapelle du château de Maravieux. La

baronne Amalti s'y trouvait enjouée et souriante. Elle embrassa la jeune marquise de
Saint-Alvère ; elle adressa ses compliments à
Antoine, et personne ne devina ses tourments, si ce n'est ce dernier, qui avait trop
chèrement acquis l'art de lire dans cette âme
pleine de lui pour ne pas y découvrir la douleur qui la déchirait. Les nouveaux époux
partirent le même soir pour aller passer
quinze jours à Arcachon. Le duc de Fontenailles possédait là, parmi les pins, un chalet
où tout était préparé pour les recevoir. Ils
devaient ensuite se diriger vers Naples, et
ne rentrer à Paris qu'au commencement de
l'hiver.

II

La baronne Amalti passa dans la tristesse
et les larmes les jours qui suivirent le départ
du marquis de Saint-Alvère. Elle prétexta
un violent malaise pour avoir le droit de ne
pas quitter sa chambre, et pendant plus d'une
semaine, elle vécut seule, retirée dans son
appartement, n'éprouvant quelque joie qu'à
recueillir ses souvenirs, relisant les lettres

de l'absent, s'entourant de tous les objets qui lui avaient appartenu, et ne voulant chercher des consolations que dans la douceur des heures qu'elle consacrait au passé, à ce passé brûlant, si près d'elle encore et déjà si loin.

Rêveuse et morne, elle ne faisait effort pour se rattacher à la vie que lorsque son mari venait auprès d'elle afin de l'égayer et de la distraire, ou lorsque mademoiselle Vaulnier lui amenait sa fille, alors âgée de neuf ans ; mais le regard innocent de l'enfant semblait, tant il avait de pénétration et de curiosité, vouloir deviner les causes de son mal. Elle en était toute troublée et, après l'avoir embrassée, s'empressait de la renvoyer. La présence même de son mari lui devenait odieuse. Entre eux, l'amour n'avait jamais pu trouver place. Leur mariage s'était fait sans lui, et les brèves ivresses de la lune de miel s'étaient dissipées sans le faire naître dans leur âme. Ces fatalités sont fréquentes dans la vie. Elles pesaient de tout leur poids sur la destinée de Juliette, pour qui son mari n'était plus qu'un étranger, dont la tâche se bornait à lui faire une existence honorée et à préparer l'avenir de leur fille, dernier lien de cœur qui les rapprochât quelquefois encore, puisqu'ils n'avaient plus rien de commun, si ce n'est des intérêts matériels. Elle s'efforçait donc de rester seule, et ne faisait exception qu'en faveur de mademoiselle Vaulnier, avec qui elle pouvait du moins s'entretenir de celui qu'elle pleurait.

On aurait tort de croire cependant qu'elle souffrait de le savoir loin d'elle. Elle était trop accoutumée à vivre séparée de lui, à subir le joug des nécessités sociales auxquelles ils n'avaient pu se soustraire, sous peine de se fermer le monde et de se perdre irréparablement, pour s'alarmer ou s'émouvoir d'une absence, même prolongée. Mais, ce qui la torturait, ce qui la livrait, victime de ses feux, aux âpres tourments de la jalousie, c'était la pensée que le temps de cette absence, Antoine le passait avec une autre femme, belle aussi, parée des grâces de l'innocence, qui effeuillait pour lui sa jeunesse en fleur et lui versait à flots l'exquise séduction du bonheur légitime. Et cela devait durer sûrement six mois, peut-être toujours, si, lorsqu'elle le reverrait, elle ne parvenait pas à reconquérir son empire sur lui !

C'est là ce qui la désespérait. Son imagination affolée l'entraînait à leur suite. Elle les accompagnait dans ce poétique chalet d'Arcachon où ils avaient cloîtré leurs pures amours. Elle les voyait dans leurs prome-

nades matinales, à l'heure où la brise marine
boit la rosée sur les pins embaumés qui
répandent dans l'air et lancent aux échos
leur chanson plaintive. Elle posait ses pieds
dans la trace de leurs pas. Elle entendait les
murmures de leur tendresse, le bruit de
leurs baisers, jusqu'aux accents les plus
intimes de leur passion saine et forte, et déjà
puissante à son aurore, comme ce qui doit
durer toujours, parce qu'elle n'enfreignait
aucune loi divine ou humaine, parce qu'elle
ne violait aucun devoir. Ainsi la malheureuse
femme connut toutes les amertumes du désespoir, ces regrets du passé, auxquels la mort
de l'être aimé et l'espérance de le rejoindre
dans une autre vie donnent parfois quelque
charme, mais qui ne laissaient dans son
cœur désabusé qu'un ressentiment profond,
incurable, contre ce qu'elle appelait les injus-
tices de la destinée.

Cette souffrance, qui semblait mettre son orgueil à ne vouloir pas être consolée, aurait duré bien au delà de quelques jours, si tout à coup elle n'eût été soulagée par un incident inespéré. Saint-Alvère écrivit à Juliette. Est-ce l'excès de son bonheur, est-ce au contraire une désillusion prématurée qui ramena sa pensée vers elle? N'éprouva-t-il que la pitié pour celle dont la douleur, encore qu'il n'en fût pas le témoin, troublait seule, par l'idée qu'il s'en faisait, la sérénité de son existence? Sa lettre ne le disait pas; elle était brève, simple, affectueuse, paisible comme une fraternelle amitié. Elle ouvrait sur l'avenir des perspectives heureuses, des possibilités de rapprochement pour l'heure où d'un côté les plaies seraient cicatrisées, et où, de l'autre, l'édifice de son foyer domestique serait solidement établi.

Ce n'était rien, cette lettre; elle n'avait

pas pris à Antoine dix minutes du temps
qu'il consacrait à sa femme ; mais Juliette
ne l'attendait pas, n'ayant osé l'espérer, et
en eut l'âme toute rafraîchie. Sa douleur
perdit sa violence ; elle se résigna à la pa-
tience, rattachée tout à coup à la pensée
qu'elle était aimée encore, et que lorsque
Antoine aurait épuisé toutes les joies de
l'amour permis, l'habitude, la puissance du
souvenir et l'éternel attrait du fruit défendu
le ramèneraient aux amours anciennes.

A dater de ce moment, le chagrin de Juliette
s'apaisa vite ; son visage recouvra la sérénité.
Le rayon lumineux qui donnait à son regard
un charme vainqueur y reparut. Elle ne vécut plus que dans l'attente du retour d'Antoine, forgeant des plans, nourrissant des
illusions, aiguisant ses armes, presque convaincue qu'elle exercerait encore sa domination sur ce cœur dont elle connaissait les

faiblesses. Elle reprit sa vie active et brillante. Il y eut des fêtes à Mailleforte. Elle
assista à celles des châteaux des environs,
que l'été venait de rouvrir et de peupler
comme tous les ans. Elle fit une visite à la
princesse de Laurières, qui la lui rendit en
allant à Fontenailles, et qui, soit qu'elle crût
à son repentir et à son retour au bien, soit
qu'elle voulût la ménager en vue de l'avenir,
feignit d'oublier les bruits qui s'étaient éle-
vés depuis cinq ans contre la réputation de
la baronne Amalti. Juliette eut même l'art
d'attirer chez elle le duc de Fontenailles, son
plus proche voisin. Elle était accoutumée à
le rencontrer dans le monde ; mais il s'était
toujours montré froid, discret et réservé pour
une femme que la rumeur publique désignait
comme étant attachée à son petit-fils par des
liens qu'il ne pouvait approuver. Enfin elle
trompa si bien son monde que tous y furent

pris et crurent que cette liaison était définitivement rompue.

C'est dans ces circonstances que, six semaines après le départ d'Antoine et à la suite
d'un dîner d'adieu donné par le duc de Fontenailles à la princesse de Laurières, qui
se rendait aux eaux d'Uriage avec madame
de Châteaufort, le vieillard fut pris à six heures du matin d'une violente attaque de goutte.
Il devait partir pour Arcachon le même jour.
Il avait alors quatre-vingts ans. Son valet
de chambre s'alarma en le voyant dans un
état qu'un médecin, mandé de Chinon en
toute hâte, jugea fort grave. Ce serviteur était
dans la maison depuis trente-cinq ans. Jamais il n'avait vu son maître si près de la mort;
la responsabilité qui pesait sur lui lui fit
perdre la tête, et, comme il savait que la princesse de Laurières n'était déjà plus à Maravieux, il alla prendre conseil du baron Amalti,

afin de savoir quelle conduite il devait tenir
dans ces circonstances difficiles. Celui-ci lui
enjoignit de télégraphier sur-le-champ au
marquis de Saint-Alvère. Puis, accompagné
de la baronne, il se rendit à Fontenailles, afin
de juger par lui-même de l'imminence du
danger qui menaçait les jours de son véné-
rable voisin.

Le duc était très-affaissé, cependant la
lucidité de son esprit restait entière, et c'est
lui qui rassurait sur son propre compte les
gens qui lui prodiguaient des soins. Il leur
disait « que ce n'était pas encore pour cette
fois, et que cette violente attaque passerait
comme les autres sans l'emporter. » Mais
après avoir adressé des remercîments au baron et à la baronne pour l'empressement
qu'ils avaient mis à accourir auprès de lui,
il ne sut pas leur taire que ce qui l'inquiétait
en ce moment, c'était de se savoir livré à des

soins mercenaires. Il avait la plus absolue confiance dans les personnes qui l'entouraient ; néanmoins l'absence de tout membre de sa famille le préoccupait, et sa préoccupation se trahissait avec une vivacité susceptible de ralentir sa guérison, sinon de l'empêcher.

— Votre petit-fils, maintenant prévenu, arrivera certainement dans la nuit, lui dit le baron Amalti.

— Autorisez-moi à m'établir ici pour la journée, monsieur le duc, ajouta vivement Juliette. De cette manière vous ne resterez pas seul. Ce soir, mademoiselle Vaulnier, l'institutrice de ma fille, viendra me remplacer auprès de vous et passer la nuit. C'est une personne sûre, bien au-dessus de sa condition, et que nous considérons comme étant de notre famille.

L'égoïsme des vieillards est aveugle autant

4.

qu'implacable. Soit que le duc de Fontenailles n'attachât plus aucune gravité aux relations qui avaient existé entre la baronne et
Antoine, soit qu'affaibli par la maladie, il en
eût perdu le souvenir, il accepta comme un
acte de courtoisie, que lui-même eût été
heureux d'accomplir le cas échéant, la pro-
position de Juliette. Elle s'installa pour
passer la journée auprès de lui, tandis que
son mari retournait à Mailleforte, prêt à
revenir si quelque péril nouveau se mani-
festait.

Il convient de dire, à la décharge de la baronne Amalti, qu'en offrant ses services avec
tant de bonne grâce elle ne nourrissait aucune
arrière-pensée. Elle avait obéi simplement à
la générosité naturelle de son cœur et au
désir d'obliger ce vieillard aimable, à la
table duquel elle s'était assise deux fois.
Mais, à peine seule dans un joli boudoir, chef-

d'œuvre d'élégance et de goût, terminé depuis quelques jours à peine, et dont la galanterie du duc de Fontenailles ménageait la surprise à sa petite-bru, elle fut envahie par un trouble étrange en présence d'un beau portrait d'Antoine qui ornait cette pièce.

En même temps, les conséquences de sa conduite lui apparurent si nettes, si claires, qu'un flot de sang empourpra ses joues. Ne venait-elle pas d'entrer en quelque sorte de vive force dans la vie intime des châtelains de Fontenailles, et de rétablir entre elle et Antoine les relations dont la rupture avait causé sa douleur et ses larmes? N'avait-elle pas conquis le droit de le voir fréquemment, d'exercer de nouveau sur lui, et plus sûrement encore que par le passé, son action, dont elle connaissait la puissance? En même temps, elle fut tentée de se réjouir de l'évé-

nement qui abrégeait tout à coup l'absence
de Saint-Alvère. Sans doute il ne ferait que
passer à Fontenailles : aussitôt après la guérison de son grand-père, il repartirait ; mais
du moins elle l'aurait vu. A l'instant où elle
pensait à lui, il se mettait en route ; encore
deux heures, et il arriverait. S'il allait tout
à coup la surprendre là ! si elle allait le voir
paraître !

Cette pensée la mit hors d'elle-même. Elle
regretta de ne s'être pas engagée à passer la
nuit et d'avoir eu l'idée de se faire remplacer
le soir, auprès du malade, par mademoiselle
Vaulnier. Pendant une partie de la journée,
elle se demanda comment elle pourrait s'y
prendre pour retenir mademoiselle Vaulnier
à Mailleforte et ne pas quitter Fontenailles
jusqu'au lendemain. Elle n'osa cependant
donner suite à ce plan, dans la crainte de
déplaire à Antoine. Elle n'était pas encore

femme à se trouver sous le même toit que Régine de Saint-Alvère sans ressentir la honte de sa position et sans souffrir de son abaissement.

Vers le soir, la santé du duc de Fontenailles s'était sensiblement améliorée. Le médecin promettait maintenant la guérison, mais la secousse avait été si forte qu'il redoutait une longue convalescence. Il eût été certes épouvanté s'il avait pu voir de quelle joie intense ses craintes remplirent l'âme de Juliette. Il se serait dit qu'elle était bien plus gravement atteinte que le vieillard dont son habileté venait de sauver les jours. A huit heures, mademoiselle Vaulnier vint remplacer Juliette au chevet du duc. Elle conçut un réel effroi en apprenant la prochaine arrivée de Saint-Alvère et en constatant l'exaltation qui s'était emparée de la baronne Amalti. Elle tenta de l'apaiser, elle énuméra

brièvement les dangers terribles qu'offri-
raient les relations que Juliette brûlait de
renouer.

— Est-ce pour vous que vous avez peur,
mademoiselle? s'écria celle-ci, hautaine et
dédaigneuse.

— N'en aurais-je donc pas le droit? répondit mademoiselle Vaulnier, blessée par ces
paroles injuste. Je ne veux pas cependant
vous laisser croire que c'est à moi que j'ai
pensé, madame; non, c'est à vous. A vrai
dire, moi, je ne fais qu'exécuter vos ordres,
et s'il en résultait quelque catastrophe, je
saurais bien, à moins que ma vie n'y
restât, me disculper et préserver mon honneur.

Ces mots furent dits d'un accent résolu qui
aurait dû éclairer la baronne Amalti sur
le caractère et l'étendue des périls qu'elle
voulait encore affronter; mais elle était

tout entière à ses préoccupations ; mademoiselle Vaulnier reprit alors d'une voix plus douce :

— Je n'ai eu que vous en vue, madame. Je songe à tout ce que vous allez encore exposer, votre honneur, votre repos, votre dignité, et tant de biens précieux que vous ne remplaceriez pas, si vous les perdiez, pour qui ? Pour un homme qui ne vous aime peut-être plus.

Juliette répondit par un geste de doute et de défi.

— S'il ne m'aime plus, je l'obligerai bien à m'aimer encore, fit-elle ; puis elle ajouta, les larmes aux yeux et le cœur plein de regrets et d'envie : — Ah ! que vous êtes heureuse, vous allez le revoir ! Je compte sur vous, sur votre amitié, sur votre habileté pour tâcher de savoir si j'occupe une place dans son souvenir.

Mademoiselle Vaulnier l'accompagna jusqu'à la voiture qui devait la ramener à Mailleforte; puis elle revint s'installer auprès du
duc, en se disant qu'elle avait tout fait de-
depuis six semaines pour arracher du cœur de
la baronne cet amour fatal, pour la guérir et
l'empêcher de commettre de nouvelles folies.
Elle était allée jusqu'à insinuer que Saint-
Alvère était saturé jusqu'au dégoût de cette
tendresse trop lourde à sa vie, et qu'il n'en
pouvait plus supporter le fardeau. Elle avait
donc rempli son devoir en obéissant à la fois
aux suggestions de sa conscience et aux désirs du marquis. Si ses efforts étaient demeu-
rés vains, si quelque malheur arrivait, elle
n'aurait rien à se reprocher. En présence des
complications que pouvait faire naître le retour de M. de Saint-Alvère, une pauvre institutrice comme elle, mêlée, on ne sait pourquoi ni comment, à ces intrigues criminelles,

ne pouvait plus que se laver les mains de ce
qui menaçait d'advenir.

Le lendemain, mademoiselle Vaulnier,
rentrant à Mailleforte vers huit heures, rencontra dans le parc la baronne Amalti, qui
s'était levée avec le soleil pour venir au-
devant d'elle, et qui l'interrogea d'un regard
anxieux.

— M. le duc a passé une nuit très-calme,
madame, dit l'institutrice.

— Je le savais, chère Alice, répondit la
baronne, et ce n'est pas là ce que j'ai hâte
de savoir. Le marquis?...

— Il est arrivé à deux heures, madame.

— Avec sa femme?

— M. le marquis était seul. La marquise,
à ce qu'il m'a dit, est dans un état de santé
qui ne permet pas de l'exposer à des émotions
trop fortes, et, comme la dépêche adressée
à Arcachon était conçue en des termes très-

5

alarmants, M. le marquis a préféré venir
seul.

— Seul ! répéta machinalement Juliette,
en mettant la main sur sa poitrine pour
comprimer les violents battements de son
cœur.

Elle s'y attendait un peu ; elle n'osait
cependant l'espérer. Il était seul pour quinze
jours, peut-être pour plus longtemps, une
éternité ! Elle ressentit une émotion si violente que, quoique accoutumée à ne rien taire
de ses impressions à mademoiselle Vaulnier,
elle eut honte de se laisser voir telle qu'elle
était en ce moment. Le regard insensible
et froid de l'institutrice était attaché sur le
sien. Elle ferma les yeux afin de se dérober
à sa curiosité. Puis elle prit la parole de
nouveau.

— Avez-vous causé longtemps avec le
marquis ?

— Pendant plusieurs heures, madame. Il ne s'est pas couché.

— Compte-t-il rester longtemps à Fontenailles?

— Jusqu'au moment où il pourra emmener son grand-père à Arcachon.

— Ce ne sera pas avant quinze jours. Fera-t-il donc revenir sa femme?

— Il ne m'a pas paru que ce soit l'intention de M. le marquis.

Le silence se fit. Madame Amalti maudissait cette fille énigmatique qui se laissait arracher les mots et qui l'intimidait à ce point, par sa froideur et son silence voulu, qu'elle n'osait lui adresser les questions qu'elle avait préparées en l'attendant.

— Elle sait bien où j'en veux venir, se disait Juliette, mais elle ne parlera que si je l'interroge. — De son côté, mademoiselle Vaulnier pensait que le meilleur moyen de

n'avoir pas à se repentir des paroles pro-
noncées, c'était de ne rien dire qu'elle n'y
fût contrainte. Juliette dut donc se résoudre
à interroger encore.

— De qui vous a-t-il parlé? De lui ou de
moi?

— De vous et de lui, madame.

— Et de la marquise?

— De la marquise aussi, oui, madame.

— Est-il heureux en ménage?

— J'ai cru comprendre que M. le marquis
a su borner son bonheur.

— Sa femme n'a pas tenu ce qu'elle promettait, pensa la baronne qui ne put se défendre d'un sentiment de satisfaction. Et
tout haut elle ajouta : — A-t-il manifesté le
désir de me revoir?

— Il viendra dès aujourd'hui remercier
monsieur le baron et vous remercier aussi,

madame, de l'empressement que vous avez
mis à le remplacer auprès de M. le duc.

Il devenait clair que mademoiselle Vaulnier ne voulait pas répéter ce qui lui avait
été dit, et la baronne n'essaya pas d'en savoir
plus long. Elle était d'ailleurs trop émue par
la nouvelle de la visite de Saint-Alvère
pour garder rancune à l'institutrice de la
ténacité qu'elle mettait à ne pas trahir les
confidences qu'elle avait reçues. Le peu
qu'elle venait d'en livrer ne suffisait-il pas
pour faire comprendre que le mariage n'a-
vait pas encore donné à Antoine tout le bonheur qu'il en attendait, ou qu'il lui en avait
donné dès les premiers jours en si grande
abondance, qu'il en était un peu las ? Le fait
d'avoir laissé sa jeune femme à Arcachon et
d'être venu seul à Fontenailles, ne justifiait-il
pas les prévisions de Juliette?

Sur ces prévisions elle construisit une

série d'hypothèses desquelles elle conclut
que son souvenir était demeuré vivant dans
le cœur de Saint-Alvère et que l'image nouvelle n'avait pu l'en chasser. Elle fut obsédée
pendant toute la matinée par cette pensée.
Elle regardait mademoiselle Vaulnier, elle
l'interrogeait des yeux ; elle aurait voulu pénétrer cet esprit qui se dérobait sans cesse.
S'étant trouvée auprès d'elle en quittant la
table après le déjeuner, elle osa, malgré la
présence de sa fille et de son mari, qui
jouaient ensemble, la questionner en ces
termes, à demi-voix :

— Un mot seulement, si vous pouvez répondre. Vous a-t-il dit s'il pense encore à
moi ?

A cette question, mademoiselle Vaulnier
tressaillit, hésita, parut enfin prendre un
parti énergique et répondit avec anima-
tion :

— Vous voulez le savoir, madame, vous
voulez me contraindre à me mêlér encore à
cette odieuse intrigue, m'obliger à vous répéter ce que je voulais vous taire ! Tant pis pour
vous, donc, si votre folie à tous les deux
provoque une catastrophe. J'ai dit à tous les
deux, car il est maintenant aussi insensé
que vous. Il y a six semaines, il m'a déclaré
qu'il ne vous aimait plus ; il m'a chargée de
vous le répéter, et c'est la pitié que votre
douleur m'inspirait qui m'a empêchée de lui
obéir. Oui, madame, il ne vous aimait plus,
il y a six semaines.

— Et maintenant ? demanda Juliette, qui
commençait à comprendre.

— Maintenant, si vous le pressez de
revenir, il obéira. — Ah ! madame, le
cœur de tous les hommes est-il comme ce
cœur-là ?

Elle s'efforçait de sourire, tout en parlant,

afin de cacher au baron qui les regardait
l'une et l'autre, debout à quelques pas, la
gravité de leur entretien. Juliette fut prise,
en l'écoutant, d'un accès de larmes, qui
l'obligea à rentrer en toute hâte dans sa
chambre.

— On ne meurt pas de bonheur! pensa-
t-elle, en se laissant aller dans un fauteuil,
inerte et brisée.

Vers cinq heures, Antoine se présenta au
château; il venait exprimer sa gratitude au
baron et à la baronne Amalti. Au moment
où on l'annonça, celle-ci se trouvait seule.
Pendant que par son ordre, on allait pré-
venir son mari, ils eurent le temps d'échanger
quelques mots.

— M'êtes-vous rendu ou dois-je vous
pleurer éternellement? demanda-t-elle.

— Mademoiselle Vaulnier ne vous a donc
rien dit? s'écria Saint-Alvère, très-pâle

et troublé comme un homme qui va commettre un crime.

— Je n'ai pu lui arracher trois mots, répondit Juliette, en baissant le front pour dissimuler son mensonge.

— Ah! ce n'est pas ma femme qui pouvait vous faire oublier, reprit le marquis en voilant ses yeux de ses mains enfiévrées, car j'ai voulu vous oublier, murmura-t-il comme s'il lui demandait pardon; elle est charmante, la chère créature, mais d'une niaiserie!... Où élève-t-on les filles maintenant et à quelles âmes les destine-t-on?

Il fut interrompu par le baron, qui revenait en tout hâte et qui s'informa avec sollicitude de la santé de M. de Fontenailles. Comme Antoine le remerciait, le baron reprit :

— Eh! cher monsieur, il n'y a vraiment pas de quoi. N'en eussiez-vous pas fait au-

5.

tant? Puisque votre grand-père est sauvé, tout est pour le mieux, et nous n'avons qu'à nous féliciter, ma femme et moi, d'une circonstance qui rendra plus étroits et plus agréables nos rapports de bon voisinage. J'espère que vous nous ferez l'honneur de nous présenter madame de Saint-Alvère.

C'est le lendemain qu'Antoine et Juliette se retrouvèrent seuls comme autrefois. Ils avaient hâte d'échanger de nouveau leurs pensées, de renouer le présent au passé. Mademoiselle Vaulnier, suppliée, accablée de promesses, forcée et contrainte, dut consentir à leur prêter de nouveau son office, à aller chercher Saint-Alvère dans le parc pour le conduire chez la baronne et à le faire fuir vers deux heures; mais elle n'y consentit qu'à la condition que cette entrevue serait la dernière pour laquelle on aurait

recours à elle. Elle déclara tout net qu'elle
était lasse de jouer, non son honneur qu'elle
saurait bien faire respecter, s'il était menacé,
mais son repos et peut-être sa vie.

— C'est vous, monsieur le marquis, qui
avez ouvert mes yeux sur l'étendue et la
gravité des inconvénients auxquels vous
m'exposez, dit-elle à Saint-Alvère; vous ne
sauriez trouver mauvais que j'aie profité de
votre avis.

Antoine vint à ce rendez-vous, l'âme
obsédée de remords, constatant avec désespoir qu'auprès de Juliette il ne songeait
qu'à sa femme, n'aimait qu'elle, et qu'il ne
retrouvait plus ni les impressions, ni les
élans, ni les désirs qui ramenaient sans
cesse sa pensée vers le château de Mailleforte depuis le jour où il s'en était éloigné.
L'idée des dangers qu'il courait et qu'il avait
toujours supportée avec insouciance vint en

outre peser cruellement sur lui, et les sensations qu'il éprouva n'eurent ni la douceur
ni le charme qu'il en avait attendu. Juliette
ne put dissiper sa tristesse. Ils se séparèrent mécontents l'un de l'autre, elle, sentant bien que c'était un autre homme dont
il fallait entreprendre de nouveau la con-
quête, si elle voulait le conserver ; lui, se
promettant de briser définitivement ce dernier lien qui lui avait laissé croire qu'il
pourrait retrouver en lui, assez intacts pour
le reconstruire, les débris dispersés de son
ancien amour.

Juliette se demanda pendant deux jours
par quel moyen elle pourrait le rattacher
à elle. Elle n'avait pas encore trouvé
et elle se désespérait, voyant avec angoisse le temps s'enfuir, quand une lettre
de Saint-Alvère vint accroître sa douleur.
Il lui annonçait qu'il partait le lendemain

pour obéir aux ordres formels de son grand-
père.

« Il a exigé mon départ avec une ténacité
que je ne lui connaissais pas, ajoutait-il, ce
qui me fait craindre qu'il n'ait conçu des
soupçons. Hier, après m'avoir parlé de la
visite que j'ai faite à Mailleforte, il m'a dit
que c'était une imprudence de sa part d'avoir
accepté vos services et que l'état de faiblesse
dans lequel il s'est trouvé pendant quelques
heures pouvait seul le justifier d'avoir oublié que longtemps encore les relations
entre nos deux maisons doivent se borner à
ce qui est rigoureusement indispensable. Il
m'a même fait remarquer que c'était à moi à
vous le faire comprendre. Puis, obéissant à je
ne sais quelle préoccupation de son esprit, il
m'a déclaré qu'il pouvait se passer de mes
soins, qu'il était aux regrets de m'avoir fait

venir et qu'il me demandait de le précéder dès à présent à Arcachon, où il compte se rendre dans quelques jours. J'ai vainement tenté de lui résister. J'ai fini par promettre de partir demain. »

La lettre se terminait par l'expression d'un violent regret et par de tendres adieux dont l'éloquence cependant ne parut pas sincère à Juliette. Elle était sous une mauvaise impression, attristée, nerveuse, irritée contre Antoine, irritée contre elle-même. La nouvelle inattendue de ce départ, alors qu'elle comptait sur quinze jours au moins pour reconquérir le cœur qui lui échappait, accrut son irritation, redoubla sa peine. Pour surcroît de malheur, un orage promenait dans le ciel ses violences sourdes, aggravait l'énervement de Juliette.

Elle répondit à Saint-Alvère, sous l'em-

pire de ce malaise matériel et moral, le billet
suivant, qu'elle envoya à Fontenailles à la
chute du jour :

« Il ne me convient pas d'être juge des
motifs qui ont dicté votre départ, mais je
ne peux admettre que nous nous sépa-
rions de nouveau sans qu'une explication
définitive ait déterminé nos rapports dans
l'avenir. A défaut de votre cœur, s'il ne vous
pousse pas à me dire adieu, l'honneur vous
fait un devoir de venir me faire connaître ce
que vous entendez être désormais pour moi,
et ce que je dois être désormais pour vous.
Vous avez avoué l'autre jour que vous n'avez
pas cessé de m'aimer. Si vous n'avez pas
menti, vous n'aurez aucun effort à faire
pour venir au rendez-vous que je vous
donne à onze heures du soir. En tout cas, il
faut que je vous voie encore une fois. Je

veux vous voir, dussé-je, si vous ne venez
pas, aller cette nuit moi-même à Fontenailles. »

Au reçu de cette injonction pleine de menaces et de sous-entendus, Antoine prit la
plume pour répondre par un refus formel
d'obéir ; mais cette plume, hélas ! tomba de
ses mains. Il se sentait coupable, car trois
jours avant, en se présentant dans le salon
de la baronne Amalti, et, s'y trouvant seul
avec elle, il avait prononcé des paroles imprudentes, expression d'un vulgaire désir,
non de la vérité, et dont il avait aggravé la
portée en n'osant refuser un premier rendez-
vous. Puisqu'il était allé à celui-là, quels
motifs pouvaient l'empêcher d'aller à celui
auquel Juliette le conviait maintenant ? Pour
justifier le refus de s'y rendre, il ne pouvait
invoquer que les périls qu'il y pouvait courir ;

était-ce le moment de les invoquer, alors que Julette exprimait avec tant d'énergie le désir de le voir? Refuserait-il cette satisfaction à laquelle il ne pouvait songer sans trouble dès qu'il était loin d'elle, encore qu'il crût ne plus l'aimer quand il se retrouvait en sa présence? Il se décida à obéir.

Mademoiselle Vaulnier, comme on peut le croire, jeta les hauts cris lorsque la baronne lui fit connaître qu'elle attendait le marquis de Saint-Alvère à une heure avancée de la soirée. Elle commença par refuser ses services; mais quand elle apprit que cette entrevue serait la dernière et que le marquis devait partir le lendemain, elle devint docile et céda aux prières qui lui étaient adressées. Il eût certes mieux valu qu'elle se tînt parole et persistât dans son refus.

Vers deux heures de la nuit, au moment

où elle se préparait à faire sortir Saint-Alvère par la petite porte de la bibliothèque qui ouvrait directement sur le parc, et comme elle suivait avec lui le large corridor qui desservait les pièces du rez-de-chaussée, le baron Amalti, surgissant brusquement d'un petit salon qui se trouvait sur leur passage, leur barra la route.

Mademoiselle Vaulnier ne perdit pas son sang-froid. Elle éteignit la bougie qu'elle tenait à la main, et, grâce à l'obscurité, essaya d'entraîner Saint-Alvère avant qu'ils eussent été reconnus. Mais le baron s'élança vers eux, rencontra le bras de l'institutrice et le saisit fortement, en criant, afin d'appeler du secours. A son appel, deux domestiques qu'il avait fait embusquer avec lui pour lui prêter main-forte au besoin, accoururent. L'un d'eux portait une lampe dont la flamme éclaira tout à coup le visage de mademoiselle Vaulnier.

— Je voulais éviter le scandale ; c'est vous qui l'avez provoqué, s'écria le baron.

Puis, croisant les bras sur la poitrine, il regarda l'institutrice en ricanant, et ajouta :

— Vous ne pourrez prétendre, cette fois, que vous êtes seule, mademoiselle. Vous m'avez fait passer plus d'une nuit blanche, depuis six semaines ; mais je ne me plains pas, puisque j'ai eu la bonne fortune de découvrir votre conduite. Voici longtemps que je vous soupçonnais, et ma femme ne dira plus que je suis animé de mauvais sentiments contre vous.

Mademoiselle Vaulnier, pâle, l'œil brillant, les narines dilatées, l'écoutait sans chercher à se disculper, se demandant, anxieuse, quelle allait être l'issue de cet événement. Pendant ce temps, Saint-Alvère, obsédé d'une angoisse horrible, s'était instinctivement rejeté dans l'ombre. Le baron se tourna de son côté :

— Et vous, monsieur, daignerez-vous décliner vos noms et vos qualités et expliquer les motifs de votre présence, sous mon toit, à cette heure ?

Antoine ne répondit pas ; le baron néanmoins le reconnut. La surprise le cloua sur place :

— Vous ! vous ! marquis, c'est vous qui...

Il n'acheva pas sa phrase, mais son regard, s'arrêtant tour à tour sur Antoine et sur mademoiselle Vaulnier, compléta sa pensée et exprima tant de mépris pour l'un et pour l'autre que l'institutrice, excitée déjà par la présence des deux domestiques, témoins malveillants et curieux de cette scène, ne put supporter cet outrage.

— Monsieur, vous savez bien que les apparences seules sont contre moi, s'écria-t-elle.

— Comment, les apparences ! quand je vous trouve avec votre amant !

Mademoiselle Vaulnier cette fois ne sourcilla pas ; mais ses yeux se dirigèrent du côté de Saint-Alvère, qui ne put en supporter l'éclat et sentit se glacer la sueur qui baignait son front. C'est qu'ils étaient terriblement éloquents, les yeux de mademoiselle Vaulnier ; ils semblaient dire : Allez-vous laisser peser longtemps encore sur moi ces soupçons qui m'humilient et qui me perdent à jamais, si je n'en suis à l'instant lavée ? Ne viendrez-vous pas à mon secours ? m'obligerez-vous à me défendre moi-même ?

Il demeura sourd à cet appel. Ce n'est pas qu'il ne fût prêt à donner sa vie pour

faire éclater l'innocence de l'institutrice,
mais il ne pouvait la justifier qu'en dénon-
çant Juliette, qu'en la livrant aux vengeances
du mari qu'ils avaient trompé ensemble. On
ne pouvait vraiment exiger de lui qu'il
accomplît cet acte barbare. Pourtant laisser
mademoiselle Vaulnier sous le coup de l'ac-
cusation portée contre elle, était-ce moins
lâche que de dénoncer Juliette ?

Pressé entre ces deux solutions, toutes
deux également dangereuses, Saint-Alvère
sentait son intelligence s'obscurcir. Il avait
été toute sa vie un héros de bravoure. On
citait de lui des traits charmants d'habilité
et d'à-propos. Il passait pour un loyal gentilhomme. Eh bien ! ni sa loyauté ni son
esprit ne purent lui fournir en ces instants
de crise le dénoûment qu'il cherchait, et
qu'il eût payé de ses biens, au besoin même
de son sang, et son accablement se trahit

sur son visage avec une intensité si puissante, que le baron Amalti fut saisi de
commisération. Il fit un signe à ses gens,
qui s'éloignèrent ; puis, il entra dans le salon
en invitant Saint-Alvère à le suivre. Au
moment où celui-ci allait obéir, mademoiselle Vaulnier l'arrêta d'un geste et, s'ap-
prochant de lui, prononça ces mots à voix
basse :

— Dans un quart d'heure la baronne aura
quitté le château, j'en fais mon affaire. Il
n'y aura plus de danger pour sa vie. Vous
serez libre alors de révéler la vérité à son
mari et de m'épargner la douleur de la lui
révéler moi-même.

— Ma fortune, si vous voulez consentir à
passer pour ma maîtresse ! murmura Saint-
Alvère, à bout de ressources.

— Je ne peux me déshonorer, monsieur,
même pour sauver madame la baronne, ré-

pondit froidement mademoiselle Vaulnier.

Elle s'enfuit. En montant l'escalier qui conduisait à la chambre de Juliette, elle se disait :

— Il y a deux mois, cette terrible scène m'aurait faite marquise, si j'avais voulu.

Quand Antoine eut acquis la conviction qu'il n'était plus en son pouvoir de cacher la vérité, quand il eut compris que l'homme qu'il avait outragé allait disposer souverainement de son sort, il n'eut aucune peine à redevenir maître de lui. Il avait dans le monde la réputation d'un beau joueur ; en cette circonstance, il la justifia. Il ne cessait de répéter :

— J'ai perdu, je dois payer.

Il donna une pensée à sa femme et à son grand-père ; il se laissa presque attendrir en songeant à la douleur à laquelle ils

étaient condamnés par sa faute. Puis, éloignant de son esprit tant de chers souvenirs
et faisant appel à son sang-froid, il ne son-
gea plus qu'à gagner du temps, afin de
donner à Juliette la possibilité de quitter le
château.

— Mademoiselle Vaulnier ne vous suit-
elle pas ? lui demanda le baron en le voyant
entrer seul dans le salon.

— Elle a préféré se retirer.

— Oh ! je comprends qu'elle redoute de se
trouver en ma présence. Je n'ai d'ailleurs
rien à lui apprendre qu'elle n'ait déjà deviné : elle ne saurait conserver le droit
d'élever ma fille, ni de vivre sous mon toit
dans la société de ma femme. Elle partira
demain.

Antoine ne répondit pas. Il demeurait
debout contre la cheminée, les bras croisés,
le front incliné.

6

Le baron, qui s'était assis tout en parlant, continua :

— Quant à vous, monsieur, je m'expliquerai en ce qui vous touche avec une franchise absolue. Je ne vous demanderai pas réparation de l'injure que vous avez faite à ma maison. Je ne veux pas exagérer cette injure ni me montrer d'une susceptibilité excessive, et comme après tout la personne que vous y veniez trouver n'est pas de ma famille, je ne suis nullement disposé à me faire son champion. Je m'étonne cependant, et je ne crois pas outre-passer mon droit en vous faisant part de ma surprise, je m'étonne qu'un homme de votre éducation et de votre rang se soit attaché à séduire une pauvre fille qui ne peut même vous fournir l'excuse d'un charme entraînant et d'une irrésistible beauté, et qui se trouve maintenant perdue par ce caprice inexplicable. Je m'étonne surtout que marié, marié depuis deux mois à peine à une créature parée de toutes les grâces, vous n'ayez pas craint de vous exposer à l'humiliation que vous subissez en ce moment, pour vous donner la satisfaction de revoir mademoiselle Vaulnier. Non, je n'aurais jamais cru qu'une personne comme elle pût exercer une séduction si forte sur un cœur tel que le vôtre !

Ce langage débité doucement, d'un ton à la fois attendri et railleur, cinglait Saint-Alvère en plein visage et livrait à son orgueil un rude assaut. Il ne se souvenait pas d'avoir jamais supporté de qui que ce fût des remontrances de cette espèce. Cependant il se taisait, il se contenait, et les yeux à demi clos, il écoutait toujours le baron Amalti en se disant que pendant qu'il parlait, Juliette quittait le château et se mettait en sûreté.

Le baron continua de formuler ses plaintes, les unes avec ironie, les autres avec amertume, et enfin, quand il crut avoir couvert de honte sa silencieuse victime et s'être suffisamment vengé, il couronna sa harangue par ces paroles :

— Vous pouvez maintenant vous retirer, monsieur le marquis. Je regrette que les incidents de cette nuit aient eu deux témoins ; mais je me fais fort de leur discrétion, et je garantis leur silence. Cette affaire n'aura donc pas d'autre suite pour vous. Il n'en sera pas de même malheureusement pour cette fille, dont la situation est brisée. Il ne m'appartient pas de la recommander à votre sollicitude. Je pense.....

Saint-Alvère l'interrompit violemment.

— Assez, monsieur, assez. Je n'ai que faire de vos reproches, de vos conseils, de votre indulgence. Vous avez perdu votre temps et vos paroles ; mademoiselle Vaulnier n'est pas ma maîtresse.

Le baron Amalti, toujours assis, se redressa, regarda fixement Antoine, qui, baissant la voix, continua :

— Il faut donc lui rendre votre estime, monsieur, car elle n'a pas cessé d'en être digne. Ce n'est pas pour elle que je suis venu.

— Pas pour elle ! s'écria le mari de Juliette. Et pour qui donc ?

Une vision rapide passa devant ses yeux, éclaira son entendement.

— Pas pour elle ! répéta-t-il ; mais, alors... misérable !

Il s'élança sur Antoine, qu'il saisit par sa cravate et qu'il secoua violemment, en bégayant :

— Mais parlez ! parlez ! Vous avez menti, n'est-ce pas ?

Puis, voyant qu'il ne pouvait lui arracher une parole, avide de connaître la vérité toute entière, il courut à la chambre de sa femme. Au moment où il allait y pénétrer, mademoiselle Vaulnier parut sur le seuil.

— N'entrez pas, monsieur, dit-elle, c'est inutile ; madame la baronne est partie.

Il l'écarta brusquement et passa outre. Il courut au lit et le trouva vide ; mais devant ce lit, dans sa couchette blanche, sa fille dormait. Subitement apaisé, les yeux pleins de larmes, il dit à mademoiselle Vaulnier :

— C'est vous qui l'avez fait fuir.

— J'ai voulu vous épargner un crime, monsieur.

Il ne répondit pas et revint dans la pièce où l'attendait le marquis. Dans la fureur du premier mouvement, il l'aurait tué, si une

arme s'était trouvée à la portée de sa main ;
mais, rasséréné par la vue de sa fille, il se
contint et ne se départit plus de son calme.
L'explication fut brève et simple, telle qu'elle
devait être entre gens du monde. Vers trois
heures du matin, dévoré par l'angoisse, accablé de honte, Antoine quitta le château de
Mailleforte, après s'être engagé à demeurer
pendant trois jours aux ordres de l'homme
qu'il avait outragé et qui se réservait de
décider dans ce délai si son honneur exigeait
une réparation.

Lorsque le marquis de Saint-Alvère se
trouva seul, hors de cette maison où venait
de se consommer la ruine de son bonheur et
de ses espérances, il fut saisi d'un immense
accablement, qui d'abord lui enleva la faculté
de penser et de comprendre, et jusqu'à la
notion de la réalité. Éperdu, enveloppé par
les ténèbres de la nuit silencieuse, dans la-

quelle il voyait plus clair que dans son
esprit, il marchait droit devant soi sans
savoir ni d'où il venait, ni où il allait.

Ceux à qui les destins de la vie ont révélé
l'amertume et le saisissement des grandes
catastrophes, savent de quelle stupeur l'âme
est soudain écrasée quand vient nous surprendre un de ces malheurs irréparables pour
lesquels il n'est pas de remède, et qui détrui-
sent à jamais la paix de nos jours. Elle nous
pénètre de toutes part avec tant d'intensité
qu'elle tarit en nous les sources de la douleur
et des larmes, et qu'elle nous laisse sans
intelligence et sans courage, incapables
même de sentir notre blessure, dont nous
ne souffrons que lorsque cette stupeur a
cessé.

— Est-ce que je rêve? se demandait
Antoine. Suis-je éveillé?

Il s'arrêtait alors brusquement, passait ses

mains devant son visage pour écarter la
vision cruelle qui ramenait à son souvenir,
soudainement ressuscité, la terrible scène à
laquelle il venait d'assister, et faisait défiler
sous ses yeux, comme autant de fantômes
attachés à le maudire, sa femme, son grand-
père, tous ceux dont il s'était aliéné la tendresse et dont il avait détruit le repos. Oh !
sa chère Régine, comme il l'aimait en ce
moment ! Il s'attendrissait sur elle et sur lui-
même. Une indicible terreur glaçait son sang,
quand il se mettait à penser qu'il ne la reverrait peut-être plus, et que, s'il la revoyait,
il ne pourrait paraître devant elle qu'en coupable : puis il songeait à Juliette, hier encore
reine dans le monde, reine par l'élégance, le
charme et la beauté, objet de l'admiration
de tous les hommes, de l'envie de toutes les
femmes, et maintenant fugitive, obligée de
se cacher, perdue enfin, perdue comme lui.

La communauté de leur malheur succédant
à la complicité de leur faute la lui rendait
plus chère. Chassée de sa maison, elle n'avait
plus que lui : lui-même n'avait plus qu'elle.
Ils étaient maintenant condamnés à vivre ensemble, à associer leurs remords, ou à mourir
pour s'y soustraire.

— Vers quels lieux s'est-elle dirigée ? se
demandait-il. A cette heure, à qui a-t-elle pu
demander asile ?

L'idée lui vint qu'elle s'était peut-être
rendue à Fontenailles, chez lui. Il fut violemment troublé en présence de tant d'événements pressés et graves, de tant de complications inextricables ; mis, en quelque
sorte, dans l'impossibilité d'échapper sain et
sauf à cette crise, ce cri s'échappa de sa
bouche :

— Que faire ? comment en sortir ?...

Écrasé sous le fardeau de ses pensées, il

rriva à l'entrée du parc de Fontenailles sans
être aperçu qu'il marchait depuis long-
mps. Il s'engagea dans l'avenue dont les
lartés blanches de la lune caressaient les
elouses ; mais tout à coup, il fut arrêté par
m obstacle : devant lui, sous la pâle lumière
qui descendait du ciel, une femme était éten-
lue, inanimée. Il n'eut pas besoin de voir ses
raits pour la reconnaître ; il devina que
'était Juliette. Il se pencha sur elle, l'appela
les noms les plus doux ; puis, comme elle
ie répondait pas, il la prit dans ses bras, et
ans hésiter, sans se demander ce qu'il allait
aire de cette créature maintenant rivée à sa
ie, il l'emporta au château.

Heureusement, sa chambre était au rez-
le-chaussée. L'heure matinale lui permit
l'arriver sans être vu. Il parvint, à force de
ioins, à ranimer Juliette : mais quand elle
ouvrit les yeux, quand elle essaya de parler,

il fut épouvanté par les ravages qu'avaient
exercés sur ces traits si purs l'intensité de
la peur et la vivacité du désespoir. De la
sémillante et fière baronne Amalti il ne restait
qu'une ombre. Une heure l'avait vieillie plus
que ne l'auraient vieillie dix années. Une ride
profonde sillonnait son front. Des cheveux
blancs se mêlaient à l'or clair de ses longues
tresses. L'ossature du visage s'accusait vivement sous la peau et altérait l'éclatante
beauté, source et cause de son malheur. La
bouche s'était contractée. Le sang qui coulait
hier encore sous les lèvres et leur donnait
une couleur vermeille, ne coulait plus et les
laissait décolorées, amincies, collées contre
les dents. Enfin, le doux et chaud rayon qui
faisait le charme de son regard avait cessé
de briller. L'éclat de la fièvre lui survivait
seul dans les prunelles, dilatées démesuré-
ment, et mettait des plaques rouges aux

pommettes. Antoine l'interrogea ; il ne put obtenir qu'elle répondît. Accablée par une prostration de tout son être, c'est à peine si elle se souvenait d'avoir fui sa maison, affolée de terreur, sans avoir même le temps d'embrasser sa fille.

Antoine s'alarma. Allait-il donc la perdre ? allait-elle donc mourir là, dans sa chambre, obscurément, loin de son mari, loin de son enfant ? Elle s'endormit ; mais son sommeil, agité, peuplé de visions, accrut sa fièvre. Quand elle se réveilla, elle avait le délire, et comme Antoine s'était approché d'elle pour tâcher de l'apaiser par de tendres paroles, elle ne le reconnut pas. Cet état de crise aiguë dura peu, mais, quand il eut cessé, la prostration recommença. Puis, ce fut une autre crise qui se déclara par des traits plus effrayants que les symptômes de la première. Juliette ne cessait d'appeler

7

sa fille. D'une voix caressante, elle s'adressait à elle, la suppliant de l'embrasser,
et de ne pas s'enfuir, lui parlant comme si
l'enfant avait pu l'entendre. Pour tromper
sa douleur, Antoine voulut lui promettre que
sa fille lui serait rendue ; mais à peine il
eut commencé à la consoler que la malheureuse femme se releva et se précipi-
tant de la chaise longue sur laquelle il
l'avait déposée, s'avança vers lui, en murmurant :

— Rends-moi ma fille, rends-moi ma
fille, ou va-t'en. Je te hais, toi, la cause de
tous mes maux !

Le marquis se résigna à mettre deux de
ses serviteurs dans le secret de son malheur et de son embarras. Il n'en trouva pas
de plus dignes de sa confiance qu'un jar-
dinier et sa femme, à son service depuis
longtemps et qui devaient leur aisance à ses

bienfaits. Ils habitaient un pavillon dans le
parc, assez loin du château. C'est là que
Juliette fut transportée avant le jour. Ces
braves gens lui donnèrent leur chambre.
La femme s'installa à son chevet, tandis
que le mari se mettait en permanence aux
abords de sa maison, afin d'empêcher qu'on
n'y découvrit la présence d'une étrangère.

Vers neuf heures, le médecin de Chinon,
qui venait tous les jours donner ses soins
au duc de Fontenailles, fut conduit par
Saint-Alvère auprès de la baronne Amalti.
Il ne pouvait se tromper au récit qui lui
fut fait, ni aux symptômes qu'il constata
lui-même. Juliette était sous le coup d'un
transport au cerveau, mal effroyable, soudain, qui ne pardonne guère.

— N'y a-t-il donc aucun moyen d'en
arrêter les progrès? demanda le marquis,

qui se révoltait contre la pensée de la voir mourir.

— Les moyens que la science nous fournit sont insuffisants, je le crains, répondit le médecin. Peut-être en est-il d'autres. Une violente émotion a provoqué la maladie, une réaction violente pourrait la guérir.

Antoine écrivit sur-le-champ à mademoiselle Vaulnier, afin de lui faire connaître cette funeste complication et les paroles du médecin. Il la suppliait de donner à Juliette la consolation et la joie d'embrasser son enfant, dût-elle, si le baron Amalti refusait d'accorder cette faveur à sa femme, se passer de son autorisation. Il s'agissait de sauver la baronne. Malheureusement le porteur de cette lettre trouva le château de Mailleforte fermé. Amalti était parti dès l'aube pour Paris, emmenant sa fille et

mademoiselle Vaulnier. Il ne devait revenir
que le surlendemain.

Nous en avons assez dit pour préparer
nos lectrices à la catastrophe qui devait
dénouer l'histoire des amours de la baronne
Amalti. On a souvent critiqué les dénoû-
ments tragiques que les romanciers donnent
fréquemment à leurs récits. Ils n'en inven-
teront jamais de plus tragiques que la
mort soudaine de cette femme, brutalement
tuée par une suite d'événements inattendus,
en pleine jeunesse et dans tout l'éclat de sa
beauté. L'implacable réalité, qui s'est chargée de fournir à l'auteur le sujet de cette
histoire, est plus féconde que les imaginations les mieux douées. Elle passe et fait
son œuvre, sans se préoccuper de savoir
si elle méritera ou non le reproche d'invrai-
semblance.

La baronne Amalti mourut quarante-huit

heures après avoir fui sa maison. Son agonie fut courte, mais horrible. En proie au délire pendant toute une journée, Juliette ne sembla recouvrer quelque lucidité que pour subir l'horreur des approches de la mort. Comme Saint-Alvère, déchiré par la douleur et l'angoisse, se penchait sur elle afin de lui donner, dans ces épouvantables instants, la consolation d'un baiser et d'un accent de tendresse, elle le regarda, sans le voir, sans l'entendre, sans le comprendre, brisée, et soupira :

— Ah ! mon mari ! ma fille ! Oh ! appelez-les. Je ne veux pas mourir sans les revoir.

Puis, comme il essayait de la tromper encore, elle le repoussa ; ses yeux brillèrent d'une flamme de folie, tout son corps fut agité par un soudain tremblement, et, se redressant sur son lit, des sanglots dans la voix, elle cria, farouche et mourante :

— Ma fille ! mon mari ! Je les veux... ma fille ! ma fille !

Un hoquet étrangla ce cri déchirant. Elle retomba raide sur l'oreiller, morte. Dans la nuit qui suivit sa mort, son corps fut transporté secrètement à Mailleforte, où le baron Amalti était revenu en toute hâte. Le lendemain, le marquis de Saint-Alvère reçut de lui la lettre suivante :

« Vous vous étiez engagé à demeurer trois jours à mes ordres, jusqu'à ce que j'eusse décidé si mon honneur outragé par vous exigeait une réparation. J'ai résolu quant à présent de ne vous en demander aucune. J'ai compris que vous étiez disposé à ne pas vous défendre contre moi, mais je ne veux pas vous tuer. Votre vie assure ma vengeance bien plus que votre mort ; ma haine ne peut même être satisfaite qu'autant que vous vivrez. C'est à vos propres remords que je laisse le soin de me venger.

« J'ai donné dans ma carrière assez de preuves de courage pour avoir le droit de choisir et de vous infliger un mode de châtiment, platonique en apparence, mais en réalité bien plus terrible que celui auquel vous vous seriez exposé en combattant à armes égales contre moi. En effet, vous avez, il est vrai, tué ma femme; mais vous avez si odieusement trahi la vôtre, que vous ne pourrez plus vous approcher d'elle sans voir à sa place le fantôme de l'autre. Ma fille n'a plus de mère; mais, si vous avez des enfants, vous ne pourrez recevoir leurs caresses sans songer à l'orpheline qui vous maudit. Enfin, mon foyer est désert, mais je crois bien que le vôtre sera frappé de stérilité, car encore que je sois résolu, par

respect pour votre femme, à ne pas lui faire
connaître l'indignité de son mari, il est
probable que la vérité lui parviendra quelque jour et mettra entre elle et vous l'éternel
souvenir de l'injure qu'elle a reçue.

« Je vous impose donc l'obligation de
vivre, et je me refuse à vous délivrer de
l'existence odieuse qui sera la vôtre désormais. Si vous vivez seulement quelques
années, j'aurai été vengé. Je n'ajoute qu'un
mot. Si, dans l'espoir que le temps affaiblira
la vivacité de vos remords, vous osiez un
jour prétendre au bonheur, vous me verriez
reparaître, et je saurais vous empêcher d'en
jouir. »

Peu de jours après les événements que
nous venons de raconter, la guerre éclatait
entre l'Allemagne et la France. Le marquis
Antoine de Saint-Alvère, qui n'avait encore

7.

osé se rendre auprès de sa femme et qui
commençait à porter difficilement le fardeau
de ses jours, s'empressa de demander et
obtint le commandement de l'un des batail-
lons des mobiles de la Touraine. Quand il
alla faire ses adieux à Régine, elle ne
connaissait pas la vérité. Il put donc goûter
une fois encore la suprème douceur de sa
tendresse ; puis, il se jeta dans les aventures
de la guerre avec la ferme volonté d'y
trouver la mort.

Ses vœux furent exaucés.

Blessé le 2 décembre 1870, au combat
de Loigny, il mourut le soir. Cette guerre
fatale coûta également la vie au jeune
officier qui devait épouser mademoiselle
Vaulnier. La marquise de Saint-Alvère était
veuve depuis deux mois quand elle mit
au monde un fils, aujourd'hui duc de Fontenailles, depuis la mort de son aïeul. Le

baron Amalti ne fut donc pas vengé. Il eut la générosité de ne pas poursuivre sa vengeance sur la veuve d'Antoine, et de ne pas désespérer ce cœur qui, plus heureux que le sien, se consolait en pleurant son amour brisé.

VILMA

VILMA

I

Il y avait environ dix ans qu'Angélique
d'Anisy portait le nom du comte Bernard
d'Argennes et leur bonheur semblait inébranlable. Trop de motifs étrangers à l'amour
président souvent à l'association de l'homme
et de la femme, pour que parmi les mariages
contractés dans le monde, on en compte beau-

coup qui aient une destinée favorable. Mais
celui dont nous parlons avait été le fruit
d'une tendresse réciproque. C'est le secret
du bonheur. Angélique et Bernard étaient
donc heureux, heureux de s'aimer, heureux
de se voir revivre dans deux enfants dont
les caresses ajoutaient au charme de leur
foyer. Leur fortune leur assurait à Paris une
existence large et brillante ; mais ils habitaient le château d'Argennes dans l'Ardèche,
pendant la plus grande partie de l'année. La
surveillance d'une importante exploitation
agricole et l'étude des questions qui s'impo-
sent à toute intelligence élevée, remplissaient
la vie quotidienne de Bernard. Celle d'Angélique était consacrée tout entière à son mari,
à ses enfants et aux pauvres. L'amour pla-
nait sur ces occupations et les embellissait.

Les deux époux chérissaient leur retraite.
Quand l'entente et la confiance existent entre

des âmes que l'amour a d'abord réunies, elles
trouvent dans la solitude une félicité qui la
leur rend précieuse et douce. C'est pour cela
que le comte et la comtesse d'Argennes
vivaient peu à Paris. Ils y arrivaient au commencement de janvier et en repartaient avec
satisfaction à la fin de mars, n'y restant que
le temps nécessaire pour se rappeler au souvenir de leurs amis. Cette existence était
celle que Bernard avait toujours rêvée, elle
suffisait à Angélique ; ni l'un ni l'autre ne
souhaitait rien au delà. C'est pendant l'hiver
de 1874 qu'un événement inattendu vint en
troubler tout à coup la tranquillité. Un matin, Bernard d'Argennes reçut la lettre suivante qu'il lut à haute voix en présence
de sa femme :

« Château de Schneeberg, cercle d'Olmütz,
Moravie, 18 janvier.

« Mon cousin, j'ai le devoir de vous faire
connaître l'affreux malheur qui me rend
orpheline. Mon père vient de mourir en
quelque sorte foudroyé, alors que sa jeunesse
et la vigueur de sa santé me permettaient
d'espérer que je le conserverais longtemps
encore. Il a rendu le dernier soupir entre
mes bras, le 12 de ce mois, à la suite d'une
courte maladie qui n'a révélé toute sa gra-
v té que lorsqu'il était trop tard pour la combattre efficacement. J'ai eu la douleur d'être
impuissante à préserver des jours pour
lesquels j'aurais voulu donner les miens, et
me voici séparée à jamais du meilleur et du
plus tendre des pères. Cette catastrophe m'a
laissée anéantie. J'ai souhaité de mourir, et

je ne sais ni comment ni pourquoi je vis.
Vous pardonnerez donc le retard que j'ai mis
à vous écrire : je n'ai d'autre excuse que
l'excès de mon désespoir. Mais j'ose espérer
que vous accepterez cette excuse et que ma
cousine d'Argennes et vous-même vous vous
associerez à ma douleur. Le prince Malborg
est mort comme il avait vécu, en chrétien.
Priez pour lui !

« Je suis maintenant forcée de vous parler
de moi, mon cousin. Seule au monde, libre
et maîtresse de moi-même, mais disposée à
ne jamais me marier, c'est vers vous qu'en
ce cruel moment mon cœur a d'abord volé.
Tout me manquant à la fois, c'est au doux
souvenir de mon séjour à Paris, à celui de
vos bontés, de la tendresse d'Angélique, ma
chère petite maman du Sacré-Cœur, que je
me suis attachée comme à l'unique espérance
de mon avenir. Il m'a semblé qu'auprès de

vous seulement je retrouverais quelque chose de ce j'ai perdu.

« Je viens donc vous demander un asile, au moins pour la durée de ce deuil funeste. Je vous le demande, au nom d'un passé dont toutes les heures sont vivantes dans ma mémoire. J'ai tant besoin d'être aimée et je vous aime tant ! Que ne puis-je vous mieux exprimer, Bernard, combien en se développant, ma raison a fortifié mon affection pour vous ! Je vais avoir vingt-trois ans. C'est vous dire que je ne suis plus la petite fille capricieuse, sauvage, ingrate même, que vous avez connue. Ma cousine d'Argennes trouvera en moi une sœur reconnaissante et tendre ; pour vous, je serai une fidèle amie, pour vos enfants une seconde mère. C'est à eux que je rendrai en caresses, en soins de toutes les heures, les bontés que vous aurez pour moi. Vous ne vous repentirez pas de

m'avoir fait un peu de bien, de m'avoir aidée
à porter ma douleur. Il me sera doux de
vous chérir.

« J'attends avec impatience votre réponse
pour partir, mon cousin. Ce vieux château
où la mort vient d'entrer brutalement est
devenu bien triste depuis que la chère voix
de celui que je pleure ne s'y fait plus entendre. J'embrasse tendrement Angélique.
Je la prie de me rappeler au souvenir de
notre mère supérieure du Sacré-Cœur, que
je n'ai pas oubliée, et de me recommander
à ses prières. Je suis pour la vie votre cousine affectionnée,

« VILMA MALBORG. »

Après avoir lu cette lettre, Bernard d'Ar-
génnes interrogea sa femme d'un regard.
Accoutumée à lire dans sa pensée, elle devina

ses préoccupations et son anxiété. Elle y répondit d'un mot :

— Il faut qu'elle vienne.

— Ce sera une lourde tâche pour nous, répliqua-t-il, qu'une fille de vingt-trois ans, belle comme un ange ou comme un démon, si elle a tenu ce qu'elle promettait, à garder, à surveiller, à établir...

— A consoler seulement, objecta madame d'Argennes ; Vilma n'est plus une enfant, c'est une femme en état de diriger sa vie et de porter seule la responsabilité de ses actes. Sa fortune et sa beauté appelleront bien vite les prétendants autour d'elle. Notre unique devoir consistera alors, après l'avoir consolée, à en trouver un qui lui convienne. Écris-lui qu'elle peut se mettre en route, que nous l'attendons et qu'elle trouvera chez son cousin deux cœurs pour l'aimer.

Comme Bernard restait silencieux, elle ajouta :

— Nous n'avons pas la liberté de répondre à sa lettre par un refus. D'ailleurs, il serait extraordinaire que cette bonne action nous portât malheur.

Bernard se rangea à l'avis de sa femme et adressa à mademoiselle Malborg la lettre qu'elle souhaitait. En réponse à cette lettre, il reçut d'Olmutz, au commencement de la semaine suivante, une dépêche ainsi conçue :

« Je serai à Paris dans trois jours. »

Pour permettre au lecteur de comprendre les préoccupations du comte d'Argennes et pour le préparer aux événements qui vont suivre, il est nécessaire de le ramener vers le passé et de lui raconter brièvement l'his=

toire des personnages que nous venons de mettre en scène.

En 1852, les hautes fonctions de conseiller à l'ambassade d'Autriche à Paris étaient remplies par le prince Malborg. Issu d'une ancienne famille morave, le prince avait trente-cinq ans, une grande fortune, une heureuse physionomie, les qualités d'esprit et de cœur qui rendent un homme aimable et lui assurent partout où il passe des sympathies constantes et des amitiés fidèles. Très-lancé dans le monde, il y rencontrait souvent mademoiselle Geneviève d'Éternay, seconde fille de feu le marquis d'Éternay et sœur cadette de la comtesse d'Argennes, mère de Bernard.

Depuis longtemps en âge d'être mariée, Geneviève, loin de se laisser séduire par le bonheur conjugal de son aînée et d'y puiser un encouragement et un exemple pour

elle-même, s'était obstinée à repousser tour
à tour les hommes qui, séduits par sa grâce
ou attirés par les avantages de son alliance,
aspiraient à sa main. On ne comptait plus
ceux dont elle avait découragé les tentatives,
et comme elle leur exprimait sa résolution
sans prendre souci de la justifier, on s'était
accoutumé à la considérer comme une personne capricieuse et fantasque, ou comme la
touchante victime d'un amour contrarié dont
le souvenir, disait-on, restait assez puissant
dans son cœur pour la rendre à tout jamais
ennemie du mariage.

Presque oubliée par les prétendants lassés
de ses refus, elle venait d'atteindre sa vingt-
septième année, quand tout à coup le bruit
se répandit qu'elle renonçait au célibat pour
épouser le prince Malborg. Ce bruit était
fondé. Épris de la délicate beauté de mademoiselle d'Éternay, soutenu par l'espoir

8

d'être plus heureux que d'autres, le prince
avait eu la témérité de se présenter, de formuler sa demande, et, victorieux par la seule
puissance de son charme, sans s'être donné
la peine de combattre, la bonne fortune de
se faire agréer.

Les noces furent célébrées avec éclat à
l'hôtel d'Argennes. Puis le prince Malborg
emmena sa femme dans ses terres de Moravie, abandonnant sans regret sa carrière
pour mieux savourer un bonheur qu'il croyait
éternel, mais qui malheureusement fut de
courte durée.

L'année suivante, Geneviève mourut en
couches, brisée par l'excès même de son
amour, comme une fleur trop frêle pour
résister aux ardentes caresses de l'air et du
soleil. Précipité du haut de ses rêves, désespéré, une inguérissable plaie au cœur, Malborg aurait pu croire qu'il était désormais

seul dans la vie, si les vagissements qui s'élevaient d'un berceau, à quelques pas de la
chambre dans laquelle sa femme avait expiré,
n'étaient venus lui apprendre que des devoirs
nouveaux et sacrés lui ordonnaient de vivre,
et que l'avenir lui réservait comme une com-
pensation les joies de la paternité. Il vécut
donc en les attendant et ne tarda pas à en
connaître la douceur.

Un enfant qui grandit, une intelligence
qui s'éveille, un cœur qui commence à rendre
en joyeuses effusions la tendresse qu'il reçoit,
est-il rien de plus suave et de meilleur ? est-
il contre les meurtrissures d'une âme sensible un remède plus efficace ? Malborg
goûta bientôt ces félicités ineffables. Sa petite Vilma lui versa dans ses baisers enfan-
tins, dans ses divins sourires, des consolations plus puissantes que l'amertume des
souvenirs. Elle poussait robuste et vaillante,

emplissant de ses cris le château de Schneeberg, où dix générations ne semblaient avoir
vécu que pour résumer en elle tout ce qu'elles
avaient possédé de beauté, d'intelligence et
de force. Elle tenait de sa mère la délicatesse
des traits, l'éclat du regard, la vivacité de
l'esprit; de son père, ces cheveux d'or, aux
reflets fauves, qui lorsqu'elle eut trois ans
couvrirent ses épaules de leur flot soyeux, la
blancheur éblouissante du teint, la vigueur
des membres.

L'âge mit plus tard au fond de ses yeux
noirs une expression d'ardeur indomptée,
comme s'ils eussent réfléchi quelque chose
du caractère âpre et sauvage de la nature au
milieu de laquelle elle grandissait; mais il
n'altéra pas la pureté du visage dont les
lignes sévères, en se formant, relevèrent
peu à peu, dans une beauté que seule l'alliance du sang gaulois et du sang slave

avait pu produire, la volonté de fer, les emportements farouches, les instincts passionnés, encore invisibles sous l'ingénuité
de l'enfant, mais qui devaient éclater plus
tard avec une violence fatale dans l'âme de
la jeune fille.

Geneviève avait obtenu de son mari la
promesse de faire élever leur fille en France.
Quand Vilma eut dix ans, le prince Malborg,
fidèle à cette promesse, la conduisit à Paris,
où devait être continuée son éducation. En
arrivant, il descendit chez son neveu Bernard d'Argennes, qui pleurait encore son
père et sa mère morts l'année précédente, à
une courte distance l'un de l'autre, et qui,
majeur depuis quelques mois à peine, venait
de prendre possession de leur opulent héri-
tage. Aussitôt qu'il eut renoué connaissance
avec ce jeune homme dont il ne se souvenait
que comme d'un enfant entrevu à l'époque

8.

de son entrée dans la famille d'Éternay, Malborg s'attacha à lui.

Quant à Vilma, dans les sentiments qu'elle éprouva pour son cousin, elle mit dès la première heure toute la passion ingénue et ardente que peut contenir un cœur de dix ans. Emportée par la fougue d'une imagination qu'avaient développée outre mesure la tristesse et l'isolement de son enfance, cette petite fille poussa brusquement jusqu'à l'adoration son attachement pour ce fier jeune homme dont la mâle beauté la séduisit, et dont la bonté touchante, en descendant jusqu'à elle, la pénétra de toutes parts. Avec la ténacité qui domine et guide les jeunes intelligences, elle lui voua une tendresse ardente dont le caractère romanesque n'altéra ni la force ni la constance. Il lui semblait qu'on l'avait toujours aimé et qu'elle l'aimerait toujours. Au bout d'une semaine, elle le considérait comme un dieu. S'il parlait, elle l'écoutait ravie, troublée, les yeux attachés à ses lèvres, l'admirant, s'enthousiasmant pour sa parole ; si elle s'adressait à lui, c'était en tremblant.

Bernard accueillit avec une gratitude mêlée d'un peu de surprise les témoignages du sentiment qui venait de naître dans cette âme précoce, mais sans en discerner l'extrême vivacité. L'enfant était originale et charmante ; il ne tarda pas à lui vouer une paternelle affection, bien éloigné toutefois de se douter qu'elle le chérissait au point de donner sa vie pour lui plaire s'il l'eût exigé.

Quinze jours après l'arrivée de Vilma à Paris, son père, un matin, la présenta à la superieure du Sacré-Cœur. Toutes les filles de la maison d'Éternay avaient été élevées dans ce couvent : la place de Vilma s'y trouvait marquée.

— Nous vous attendions, chère petite, lui dit la supérieure en l'embrassant.

Au lieu de répondre d'un mot ou d'un sourire à cette affectueuse caresse, Vilma garda le silence. Ses yeux noirs et profonds, brillants sous ses longs cils qui en voilaient l'éclat, conservèrent l'expression dure et triste qui leur était habituelle.

— Daignez l'excuser et vous montrer indulgente, madame, supplia le prince : elle a grandi toute seule, au fond d'un vieux château.

— Oui, je comprends! c'est une petite sauvage : nous l'apprivoiserons; nous en avons apprivoisé bien d'autres.

Ce fut dit simplement, doucement, avec l'expression d'une maternelle bonté; mais Vilma ne comprit pas ou ne voulut pas comprendre.

— Mon cousin d'Argennes aura-t-il le

droit de venir me voir? demanda-t-elle à la
supérieure, sèchement, d'un accent où se
devinaient la défiance et des révoltes prêtes
à éclater, si la réponse qu'elle attendait était
négative.

— Tous les jours, au parloir, mais avec
l'agrément de votre père.

— Tu voudras bien? dis, fit-elle en s'adres-
sant au prince.

Il donna son consentement, trop heureux
de rendre à ce prix les amertumes d'une
séparation moins cruelles à sa fille, que pour
la première fois il allait livrer à des mains
étrangères.

— Et moi, ajouta-t-il en embrassant Vilma,
tu ne me demandes pas si je pourrai venir !

— Oh! toi, tu es le maître de ta Vilma, tu
n'as besoin de la permission de personne,
répondit-elle, tandis qu'un sourire s'épa-
nouissait sur ses lèvres vermeilles.

Redoutant d'être séparée pour longtemps de son cousin d'Argennes, c'est cette peur qui l'avait rendue morne pendant quelques instants ; mais maintenant elle était heureuse, apaisée, rassérénée. Quand son père s'éloigna, après avoir promis de revenir le lendemain et d'amener Bernard avec lui, elle l'embrassa, promettant d'édifier tout le monde autour d'elle par sa docilité et son ardeur au travail. Elle resta seule avec la supérieure.

Alors, celle-ci, la prenant par la main, passa de son cabinet dans un vaste jardin tout embaumé du parfum des fleurs et de la fraîcheur des ombrages, que deux cents jeunes filles de tout âge remplissaient de leurs jeux et de leurs cris, sous la surveillance des sœurs. A l'aspect de la nouvelle, les petites et les moyennes accoururent pour la mieux voir. Elles formèrent la haie sur

son passage, empressées, bruyantes et cu-
rieuses.

— Retournez à vos jeux, mesdemoiselles,
dit la supérieure avec une sévérité tempérée
par beaucoup d'indulgence, la curiosité est
un grave défaut.

Le groupe se dispersa, et la supérieure,
entraînant toujours Vilma, continua son chemin, jetant à droite et à gauche son regard,
comme si elle cherchait quelqu'un :

— Avez-vous vu mademoiselle d'Anisy?
demanda-t-elle à une novice qui passait à
son côté, les yeux baissés.

— La voici, ma mère, répondit la novice,
en désignant à quelques pas d'elle parmi les
grandes une jeune fille qui se promenait sous
les arbres avec une religieuse vieille et
infirme.

La supérieure fit un signe à mademoiselle
d'Anisy, qui accourut aussitôt :

— Ma chère Angélique, lui dit-elle, je veux confier à **vos** soins et à votre sollicitude la charmante enfant que je vous présente, mademoiselle Vilma Malborg, fille du prince Malborg et de cette pauvre Geneviève d'Éternay, dont vous m'avez si souvent entendu parler. Jamais elle n'avait quitté son père, et je crois bien qu'elle garde un gros chagrin dans le cœur. Je vous charge de la consoler, de lui trouver des amies et de lui faire aimer le couvent.

— Oh! ma mère, combien je vous remercie! s'écria mademoiselle d'Anisy en recevant des mains de la supérieure Vilma, qu'elle embrassa à plusieurs reprises. Venez, venez, mignonne, ajouta-t-elle joyeusement, nous allons être bien heureuses ensemble.

Vilma suivit avec docilité sa protectrice, qu'elle regardait toute surprise, un peu défiante et sans parler; mais la glace ne tarda

pas à se briser, sous l'effort de l'affectueuse
tendresse de mademoiselle d'Anisy, qu'avant
la fin du jour Vilma commençait à chérir
passionnément avec l'enthousiasme et la vivacité d'impression qui formaient le fond de
son caractère.

II

Angélique d'Anisy avait alors dix-sept ans;
elle touchait au terme de ses études et devait quitter le couvent à la fin de l'année,
afin d'aller vivre auprès de sa mère qui, depuis la mort du marquis d'Anisy, son époux,
habitait la campagne aux environs de Poi-
tiers. C'était une belle personne, brune,
élégante et mince, avec un regard doux et

bon, d'abondants cheveux noirs, une grâce aristocratique que l'âge développait peu à peu en la parant d'une séduction puissante. A une intelligence d'élite, Angélique joignait une âme droite et ferme, qui laissait pressentir qu'elle serait une femme supérieure, tout au devoir. Elle ne possédait peut-être pas le brillant éclat qui est le privilége de certaines créatures altières, et fascine les esprits faibles ; mais elle possédait ce charme pénétrant qui enveloppe peu à peu, jusqu'à l'heure où il les domine victorieusement, les hommes sur lesquels il s'exerce. A un cœur avide d'un bonheur paisible et durable, elle aurait inspiré confiance ; car il suffisait de la voir pour deviner en elle une de ces âmes qui ne se donnent qu'une fois, et qui, quelle que soit la route suivie par leur destinée, restent toujours fidèles au premier sentiment qu'elles ont conçu. Vilma ne pouvait donc

être confiée à de meilleures mains, et dès
son entrée au couvent elle ressentit les
effets de la calme et douce influence d'Angélique.

Le lendemain, à l'heure de la récréation
qui suivait le déjeuner, elle fut appelée au
parloir. Agitée et anxieuse, elle y courut.
Son père l'attendait; mais il n'était pas seul,
Bernard d'Argennes l'avait accompagné. En
le voyant, l'âme de Vilma s'épanouit et la
joie éclaira son visage comme d'un chaud
rayon de soleil. Elle embrassa son père
d'abord, Bernard ensuite, satisfaite et radieuse, dévisageant orgueilleusement celles
de ses compagnes qui se trouvaient là, toute
fière de la présence de cet élégant jeune
homme venu pour elle, et sur lequel les
grandes jetaient à la dérobée des regards
chercheurs. A la première question que lui
adressa le prince, afin de connaître l'emploi

des heures qu'elle venait de passer loin de
lui, Vilma répondit en chantant les louanges
d'Angélique d'Anisy. Elle vanta sa bonté, sa
beauté, son esprit, avec un enthousiasme
dont la vivacité mit aux lèvres de Malborg
un sourire et cette question :

— Où peut-on admirer cette merveille ?

— Je vais la chercher, s'écria Vilma, en
s'élançant dans le jardin.

On la vit bientôt reparaître, entraînant
vers son père mademoiselle d'Anisy, qui ne
la suivait qu'à regret, presque confuse de
subir son caprice et dont la grâce impres-
sionna vivement Bernard d'Argennes au
point de le troubler d'abord. Il se remit
bientôt cependant, et tandis que le prince
remerciait Angélique pour les soins qu'elle
prodiguait à Vilma, il admira les traits fins,
le regard candide, la taille souple de cette
jeune fille qui, la première parmi les femmes

qu'il avait rencontrées jusque-là, venait de faire naître dans son cœur l'idée de l'amour. Cette courte entrevue décida de sa destinée.

La sollicitude dont mademoiselle d'Anisy entourait Vilma créa entre elle et la famille Malborg des relations étroites : le prince voulut connaître la mère d'Angélique. Au milieu de l'hiver, la marquise d'Anisy étant venue à Paris, il se fit présenter dans son salon. Peu à peu l'amitié qui unissait Angélique et Vilma resserra les liens qui s'étaient formés entre leurs parents. Lorsque vint l'époque des vacances, Malborg et sa fille furent invités à passer quelques jours au château d'Anisy. Bernard d'Argennes les accompagna. Il avait alors vingt-deux ans; virilement élevé, accoutumé de bonne heure à l'étude, frappé au cœur par la mort prématurée de son père et par celle de sa mère il était plus vieux par la maturité de l'esprit que par l'âge. L'amour qu'il ressentit pour Angélique tombant sur le terrain fécond de son âme vierge y fructifia rapidement, prit bientôt la physionomie d'une de ces belles passions qui survivent à la jeunesse et suffisent à remplir une vie. Le prince Malborg, qui chérissait Bernard comme il aurait chéri son fils, fut le premier confident de ses aspirations et de ses soupirs. Il s'en ouvrit à la marquise d'Anisy.

— Si M. d'Argennes me fait l'honneur de me demander ma fille, et s'il lui plaît, je n'ai aucun motif pour la lui refuser, répondit la marquise. A tous les points de vue, cette alliance me convient. Il me semble seulement que ces enfants sont bien jeunes pour se mettre en ménage, M. d'Argennes, surtout.

— Il ne refuse pas d'attendre, répondit

Malborg. Fixez vous-même le temps de son épreuve.

— Dans deux ans, il en aura vingt-quatre, et ma fille vingt. Si l'amour de M. d'Argennes a résisté à cette longue attente, je croirai qu'il m'offre toutes les garanties de bonheur que je cherche pour Angélique.

— Mais elle-même aura peut-être disposé de son cœur.

— C'est déjà fait, répondit madame d'Anisy en souriant : elle aime M. d'Argennes, je l'ai deviné et ce n'est pas d'elle qu'il faut craindre un défaut de constance.

Ainsi fut engagé l'avenir de Bernard.

La marquise et sa fille passèrent à Paris l'hiver qui suivit cet engagement. Angélique avait quitté le Sacré-Cœur et n'y allait plus que pour voir Vilma. Bernard s'y rendait aussi dans le même but et choisissait de

9.

préférence les jours où il était certain d'y rencontrer mademoiselle d'Anisy. Ces visites, dont Vilma s'attribuait tout l'honneur et dont elle se montrait heureuse autant que fière, permirent à Angélique et à Bernard de se mieux connaître, de s'aimer plus ardemment. Ils ne s'étaient encore rien dit que chacun d'eux connaissait le secret de l'autre. Leurs yeux avaient parlé; muets pour tout le monde, éloquents pour eux seuls.

Un matin, dans le parloir du Sacré-Cœur, leurs mains se touchèrent plus fiévreusement que de coutume, et ils n'eurent plus aucun aveu à se faire. Vilma ne vit rien, et madame d'Anisy, qui était présente, feignit de ne rien voir. Mais le lendemain le prince Malborg demanda officiellement pour son neveu la main d'Angélique. Elle lui fut accordée sur-le-champ, le mariage fixé à l'année suivante, et dès lors les fiancés purent parler de leur amour.

Ce fut pour eux un temps fécond en joies douces et délicates. Il n'était pas de jour qui ne les réunît, tantôt au Sacré-Cœur, tantôt chez madame d'Anisy, tantôt dans le monde ou au théâtre. Comme leurs accords devaient rester encore ignorés, ils étaient tenus à beaucoup de prudence et de réserve. Ce fut pour leur tendresse une excitation nouvelle qui la fortifia. Quand il résiste au temps et aux tentations que le monde place sur le chemin d'un homme jeune et beau, tel qu'était Bernard, l'amour devient indestructible. La marquise comprit qu'il serait trop cruel d'imposer à des soupirs si sincères une attente plus longue. Elle résolut d'abréger l'épreuve dont elle-même avait fixé la durée. Elle fit part de sa résolution à Angélique et à Bernard en leur annonçant

que leur mariage serait célébré dans deux
mois.

Le secret de leurs fiançailles avait été si
bien gardé que personne autour d'eux ne le
connaissait. Vilma elle-même l'ignorait. Malgré sa précocité, ce n'était qu'une enfant, et
on la traitait comme une enfant. Quand la
nouvelle du mariage fut devenue officielle, on
ne se pressa même pas de la lui faire connaître. Elle l'apprit par une de ses compagnes. Ce fut pour son cœur un coup douloureux et inattendu. En quelques jours, les
roses de ses joues s'évanouirent, le joyeux
éclat de son regard s'éteignit ; elle devint
pâle, triste, et lorsqu'elle vit Angélique,
elle lui dit d'un accent dans lequel il y avait
autant de colère que de chagrin :

— Est-il vrai que tu épouses mon cousin
d'Argennes ?

— Oui, mignonne, c'est vrai, répondit An-

gélique. Es-tu contente de me voir devenir
sa femme?

— Non, car tu me le prends! murmura
Vilma durement.

Puis elle s'arrêta, regrettant d'avoir parlé.
Sa réponse et son regard troublèrent Angélique, qui resta silencieuse, observant anxieu-
sement l'expression de haine qui assombris-
sait peu à peu les yeux fixés sur elle. De
nouveau, elle interrogea Vilma, mais sans
pouvoir lui arracher une parole. D'abord
péniblement impressionnée, elle se rassura
cependant, se raillant elle-même d'avoir commencé par prendre au sérieux la déclaration
d'une fillette de douze ans, et convaincue
qu'il suffirait de quelques jours pour emporter bien loin de Vilma cette jalousie mystérieuse et inexplicable dont elle ne voulut
parler à personne. Mais elle se trompait.
Vilma cessa peu à peu de lui témoigner la

confiance et l'affection nées du passé. Elle
s'enferma dans un mutisme absolu que la
présence même de Bernard ne put briser.
Plus confiante et plus tendre envers son
père, elle évita néanmoins de faire devant
lui aucune allusion au mariage de son cousin.
Seulement, la veille des noces, à l'heure où
elle devait sortir pour assister à un dîner de
famille que donnait la marquise d'Anisy, elle
se déclara malade et se fit conduire à l'infir-
merie. Elle y resta jusqu'au lendemain, malgré les alarmes du prince Malborg. Ce fut
le seul nuage qui plana sur le bonheur d'Angélique ; mais il se dissipa vite sous les
baisers de son mari, dans les délices des
premières tendresses si douces à des cœurs
amoureux.

Le comte et la comtesse d'Argennes partirent pour leurs terres du Vivarais dans la
semaine qui suivit leur mariage. A dater de

ce moment, six années s'écoulèrent, remplies pour eux d'une vie régulière, paisible, et d'une félicité non altérée. Chaque hiver les ramenait à Paris et chaque printemps les trouvait pressés de partir, de retourner dans leur chère solitude, asile de paix et d'amour.

Pendant ce temps, ils ne rencontrèrent Vilma qu'à de lointains intervalles. Elle continuait son éducation au Sacré-Cœur. Elle grandissait, devenait belle ; mais une mystérieuse et fière mélancolie voilait sa jeunesse, et, surtout en présence de son cousin, glaçait les effusions de son cœur, en enlevant à ces rares entrevues le charme et la confiance d'autrefois. Le bonheur est égoïste et aveugle. Le comte et la comtesse d'Argennes n'attachaient aucune importance à ces traits d'une nature violente, indomptée, qui se dominait assez cependant pour cacher ses sentiments et ses ardeurs. Dans la jeune fille, ils ne voyaient encore que l'enfant; ils attribuaient ces tristesses à l'excentricité et aux caprices d'un caractère fantasque dont le temps seul pouvait corriger les défauts.

C'est sur ces entrefaites qu'éclatèrent les tragiques événements de 1870. Le prince Malborg et Vilma quittèrent Paris au mois d'août, après les premiers revers de nos armes, sans pouvoir adresser leurs adieux à Angélique et à Bernard qui se trouvaient alors dans le Vivarais.

Le comte d'Argennes, tant que dura la guerre, se conduisit en vaillant gentilhomme et en Français. Il fit noblement son devoir, et quand, revenu sain et sauf des champs de bataille, il retrouva sa femme qui n'avait cessé de pleurer et de prier en l'attendant, il comprit que son amour sortait de cette cruelle épreuve fortifié,

embelli, poétisé, en état d'affronter les orages
et maître de l'avenir.

Quant au prince Malborg, retiré en Moravie avec sa fille, il ne parlait pas de retourner à Paris. Aux relations qui existaient
entre son neveu et lui, les lettres se succé-
dèrent; puis les lettres même devinrent
rares. Vilma n'écrivait guère que deux fois
par an, et le prince ne suppléait pas souvent
à son silence. Il n'y a pas d'affection qui
puisse résister à ce régime. Au bout de
quatre ans, le souvenir de Malborg et de sa
fille commençait à s'évanouir dans le cœur
du comte et de la comtesse d'Argennes,
quand ils reçurent la lettre qui leur annonçait
la mort du prince et qui devait avoir pour
conséquence immédiate d'associer de nouveau la vie de Vilma à leur propre vie.

Vilma Malborg arriva à Paris un soir
d'hiver. Angélique et Bernard, venus à sa

rencontre à la gare, la reçurent à la descente du wagon et l'emmenèrent à l'hôtel d'Argennes. C'est en voiture que furent échangées les premières effusions de trois cœurs heureux de se retrouver, et que Vilma exprima sa gratitude à ceux qui désormais allaient lui tenir lieu de famille. Elle fut à la fois éloquente et simple. Bernard ne put entendre sans émotion la voix harmonieuse qui lui adressait des remerciements et lui racontait, un peu tremblante, la mort du prince Malborg.

Mais cette émotion s'accrut encore quand, de retour à l'hôtel, il eut le loisir d'admirer dans un salon, sous la lumière des lampes, la fière beauté de Vilma. La jeune fille tenait tout ce qu'avait promis l'enfant. Elle était dans la splendeur de ses vingt ans. Sa taille, aux lignes pures, avait la vigueur, la souplesse, l'élégance. L'expression un peu fa-

rouche de son regard s'affirmait intelligente
et hautaine. La sombre couleur de ses vêtements de deuil accusait la blancheur de son
teint, dans laquelle, comme deux flammes,
brillaient ses yeux profonds, et éclatait en
un trait de sang le vermillon des lèvres
épaisses. La masse de ses cheveux mettait
autour de son front une couronne d'or fauve
qui achevait de rendre étrange et saisissante
sa physionomie.

Quant à son caractère, bien qu'il fût dif-
ficile de le juger en quelques heures, il semblait s'être transformé et assoupli, avoir
perdu les aspérités d'autrefois. Du passé,
du ressentiment que le mariage d'Angélique
avec Bernard avait provoqué dans son cœur,
elle ne conservait en apparence aucun souvenir. Elle embrassait sa cousine sans
trouble. Il leur parut qu'elle ressemblait à
toutes les jeunes filles de son âge, et que ce

qu'il pouvait y avoir d'extraordinaire et d'inquiétant en elle tenait uniquement à l'impression causée par sa beauté.

Durant les jours qui suivirent son arrivée, elle s'efforça de les confirmer dans cette opinion. Dès le premier entretien sérieux qu'elle eut avec Bernard, et dans lequel il l'entretint de l'avenir, elle se déclara prête à obéir, comme à des ordres, à ses conseils, disposée à accepter un mari de sa main. Elle le supplia cependant de ne pas la presser de se marier. Elle était encore tout ébranlée par le malheur qui venait de l'atteindre et elle souhaitait qu'une année au moins s'écoulât avant qu'on la poussât à prendre un parti et à choisir un époux.

— Si vous estimez que je suis dans votre maison une cause d'embarras, dit-elle, je me retirerai au Sacré-Cœur, où l'on ne me refusera pas l'hospitalité pour quelques mois.

Cela vaudrait mieux que de m'engager dans
des liens éternels sans avoir la certitude
qu'ils m'offrent les conditions du bonheur.

— On ne vous pressera pas de nous quitter, ma chère petite, répondit Bernard. Tant
que vous vous trouverez heureuse auprès de
nous, vous pourrez y rester.

Cette promesse la rassura, et elle s'abandonna confiante au bonheur de vivre sous le
même toit que le comte d'Argennes. Comme
elle était en deuil, elle s'y tint fort retirée
pendant tout l'hiver et ne voulut être pré-
sentée qu'aux amis les plus intimes d'Angélique. Elle aspirait au moment où Bernard
et sa femme partiraient pour le Vivarais.
Elle se réjouissait en pensant que, loin de
Paris et dans la solitude des champs, elle
vivrait plus près de son cousin, qu'en ce
moment même les exigences sociales éloi-
gnaient souvent d'elle.

En attendant, elle mettait son honneur à se rendre utile dans cette maison devenue sienne. Elle s'occupait des enfants, présidait aux soins qu'exigeait leur âge, partageait leurs jeux, voulant à tout prix gagner l'affection de Bernard et reconquérir la confiance d'Angélique, qu'elle craignait d'avoir perdue, lorsqu'au moment du mariage elle avait osé manifester son dépit. Sur ce point, elle se trompait, madame d'Argennes était envers elle libre de toute rancune et ne se souvenait de sa colère que comme d'une colère d'enfant romanesque et capricieuse dont il n'y avait pas lieu de parler jamais, à moins que ce ne fût pour en rire. Elle n'eut donc aucune peine à se laisser toucher par les efforts que fit Vilma pour se faire aimer.

Un mois après l'arrivée de mademoiselle de Malborg à Paris, une étroite intimité,

fondée sur la confiance et la sympathie,
régnait entre elle et Angélique. Autrefois, au Sacré-Cœur, quand mademoiselle
d'Anisy commençait à se parer des grâces et
des attraits de la femme, Vilma n'étant encore qu'une enfant, elles avaient vécu comme
une mère avec sa fille ; mais maintenant
elles vivaient comme deux sœurs. La diffé-
rence d'àge ne s'accusait plus entre elles au
même degré.

Il est vraisemblable que, parmi nos lectrices, plus d'une s'étonnera de l'ingénuité
de madame d'Argennes et inclinera à penser
que si cette créature, merveilleusement
douée, mais innocente et pure, avait possédé une expérience égale à sa bonté, elle
aurait mis un moindre empressement à ou-
vrir sa maison à la fille du prince Malborg.
Nous croyons en effet qu'une femme moins
sûre de son bonheur aurait hésité à l'exposer

aux terribles flammes de deux beaux yeux manifestement créés pour brûler les cœurs à leur gré et réduire en cendres les félicités les plus solidement établies; mais l'expérience n'est que par exception l'apanage de la jeunesse. Pour la posséder, il faut vivre, il faut souffrir. Madame d'Argennes n'avait ni vécu ni souffert : elle ne possédait pas l'expérience.

Et puis elle aimait son mari ; elle se savait aimée. Sa science des hommes et des choses se résumait en dix années dont toutes les heures ne revenaient à sa pensée que parées et embellies du souvenir de la plus exquise tendresse. Toutes ses espérances s'étaient réalisées, tous ses rêves avaient pris corps, et ses illusions, entretenues par la plus douce réalité, dominaient sa vie, l'illuminaient, brillantes étoiles d'un ciel dont aucun nuage n'était encore venu ternir la pureté. Pourquoi aurait-elle douté de la fidélité de Bernard? Quelle crainte pouvait-elle concevoir? Elle ouvrit sa maison, ses bras, son cœur à sa pire ennemie, sublime de confiance et touchante de naïveté.

III

Le printemps trouva Bernard, Angélique
et Vilma réunis au château d'Argennes.
Le château d'Argennes, situé près de Vallon,
est le plus beau domaine du Vivarais. L'ha-
bitation date de deux siècles. Elle est sus-
pendue aux flancs d'une colline boisée qui
domine l'Ardèche. Cette rivière aux bords
pittoresques a creusé en cet endroit son lit à

travers une vallée resserrée entre de hautes montagnes. Autour du château s'étendent des forêts de châtaigniers, des champs de mûriers, des vignes, des terres cultivées, dont, à de fréquents intervalles, de longues coulées basaltiques sillonnent tout à coup l'étendue. Des pics neigeux se découpent sur le ciel et bornent l'horizon de toutes parts.

Sur toute la surface de cette région qui touche aux Cévennes d'un côté, de l'autre à l'Auvergne, le sol a subi d'effroyables convulsions dont il a conservé les traces comme l'impérissable souvenir des jeux violents de la nature. Les volcans se sont éteints, mais les cratères sont restés ouverts ; la lave refroidie a laissé aux flancs des montagnes, incrustées dans le roc et pétrifiées, des couleurs grises et rougeâtres dont les tons variés font ressortir la nuance délicate et tendre des verdures printanières que viennent paître les troupeaux dès les premiers beaux jours.

Le comte et la comtesse d'Argennes s'étaient affectionnés à ce pays dans lequel Bernard venait tous les ans depuis sa naissance et qui avait été le cadre charmant de leurs jeunes amours. Ils conçurent cependant la crainte que Vilma ne parvînt pas à s'y plaire ; mais cette crainte était vaine. Vilma avait grandi dans une contrée montagneuse ; elle retrouva dans le Vivarais les paysages de sa patrie, familiers à son âme et à ses yeux. Elle s'y habitua vite, surtout parce que le malheur de sa destinée, il est nécessaire de le dire dès à présent, bien qu'on l'ait sans doute deviné déjà, voulait qu'elle s'estimât heureuse partout où elle se trouvait avec Bernard.

Elle portait au cœur une inextinguible passion ; elle aimait ardemment son cousin.

10.

Cela datait de l'heure même où pour la première fois elle se trouva en sa présence.
Cet amour ne s'était pas imposé alors à son
imagination et à son cœur sous la forme
aiguë, fiévreuse et violente qu'il devait
ultérieurement revêtir; à dix ans le cœur
ni l'imagination ne sont mûrs pour la
passion.

Ce fut d'abord un enthousiasme ardent,
une tendresse exclusive et jalouse, un affolement inconscient. Puis, quand le corps de
Vilma se fut développé, quand son âme se fut
élargie, quand les grâces délicates et les cu-
riosités inconscientes de la vierge eurent pré-
cocement pris la place des candeurs de l'enfant, ce sentiment se transforma, et, subissant
les impulsions d'une nature vigoureuse, sen-
suelle, il devint l'amour; un amour qui s'i-
gnora d'abord, éclata tout à coup et puisa
ses premières ardeurs dans l'isolement au-

quel elle se trouva condamnée, et dans l'absence de Bernard !

Du jour où elle fut brusquement séparée de lui, jusqu'au jour où elle revint en France, elle l'aima à travers ses souvenirs, vivant de l'espoir de se faire aimer, et, à l'aide d'une imagination romanesque et perverse, se forgeant un idéal complaisant, facile et conforme à ses désirs, qui lui tint lieu de tout, la rendit insensible aux hommages des prétendants attirés par sa beauté et lui inspira, contrairement aux vœux de son père, la résolution de ne pas se marier.

A côté de cet amour, un autre sentiment s'éveilla et grandit : la haine. En épousant Bernard, Angélique se fit de Vilma une implacable ennemie qui ne devait lui pardonner jamais de le lui avoir ravi. Il en fut de cette haine comme de l'amour. Elle se développa en même temps que lui, s'aggravant, au fur et à mesure que dans l'enfant les années créaient la femme, de toutes les exaltations, de toutes les violences d'un cœur despotique et d'une âme farouche.

Ces explications, sur lesquelles il n'y a pas lieu d'insister, n'auraient aucune raison d'être, si elles ne faisaient comprendre avec quelle joie intime et cruelle Vilma entra dans la maison d'Argennes, et quelles dispositions elle y apporta, hypocritement dissimulées sous les effusions d'une tendresse profonde et d'une reconnaissance inaltérable, qui confondaient en apparence dans une même étreinte la femme dont le paisible bonheur lui était odieux et l'homme dont elle voulait conquérir l'amour.

Il n'est pas dans notre pensée de remettre en honneur la doctrine de la fatalité supérieure et immuable, que l'antiquité avait poussée jusqu'à l'absolu et qui courbe encore

servilement sous son joug les peuples orien-
taux, en les laissant sans force, même contre
des maux qu'avec un peu d'énergie ils pourraient vaincre. Le christianisme a fait justice
de cette doctrine en relevant la dignité de
l'homme, en lui donnant de soi-même et
de sa puissance une idée assez haute pour
qu'il ait entrepris de combattre le destin et
tenté de se soustraire à ses lois, avant de
s'y résigner ; mais que penser de la perversité naturelle de certaines âmes? Comment
expliquer ces créatures qu'on croirait maudites dès le berceau? Sans qu'aucun signe
apparent les distingue des autres et les mar-
que pour une destinée exceptionnelle, elles
viennent au monde portant en elles pour le
mal des forces ignorées que les circonstances
de leur vie, loin de les détruire, concourent
à développer.

Qui les a pétries de mauvais instincts,

sans leur fournir le moyen de les écraser ?
Qui les a parées de leurs séductions trom-
peuses, sans imprimer à leur front le stigmate
des corruptions intérieures qui rend leur
passage parmi les hommes aussi terrible
que celui d'un torrent dévastateur ? Malheur
à qui se trouve sur leur route ! Esclaves des
passions contre lesquelles il semble qu'elles
aient été insuffisamment armées, elles bri-
sent et déchirent au gré de ces passions tout
ce qui les sépare du but qu'elle veulent
atteindre, à moins qu'elles ne soient elles-
mêmes broyées dans leur course folle vers
l'idéal dont leur imagination leur montre la
réalisation environnée d'attraits délectables et
de charmes malsains. Nous ne dirons rien
de plus pour faire connaître l'héroïne de ce
récit dont la suite la révélera tout entière et
mieux que nous ne pourrions.

Quant à Bernard d'Argennes, trois mois

après l'arrivée de Vilma en France, troublé
par la présence dans sa maison de cette séduisante fille dont la radieuse et irritante
beauté se parait chaque jour d'un prestige
nouveau, il essayait de réagir contre une
influence à laquelle il n'abandonnait rien de
soi, et qu'il subissait contre son gré, mais
qui l'obsédait comme le signe avant-coureur
d'un péril redoutable.

Se marier à vingt-deux ans, sans avoir
encore bu à la coupe amère de la passion,
sans avoir demandé aux caprices des femmes
la science de la vie, sans avoir interrogé l'a-
mour qui passe, pour connaître le prix de
l'amour qui dure ; apporter dans le mariage
une âme vierge et toutes ses illusions, voilà
ce qui est rare et ce qui peut être considéré
comme un gage de bonheur ; à une condition
cependant : c'est qu'aucune tentation ne
viendra frapper à la porte de ce cœur qui n'a

pas vécu et s'est jeté dans les délices de la
tendresse légitime ignorant les tourments et
les fièvres de l'autre. Bernard chérissait sa
femme ; mais homme à peine par l'âge, ce n'é-
tait qu'un enfant quant à la connaissance du
cœur. Pour le préserver contre le danger,
Bernard ne possédait rien que son amour,
son amour et son honnêteté, armes puissantes pour fortifier et faire durer un bonheur qui n'est pas menacé, inefficaces pour
le défendre s'il est attaqué.

A Paris, le danger eût été moindre. La mul-
tiplicité des tentations auxquelles est exposé
dans le tumulte d'une grande ville un homme
jeune et inexpérimenté a pour effet de les
amoindrir. Dans les entraînements de la vie
mondaine, Bernard aurait trouvé des diver-
sions heureuses qui lui firent défaut quand,
installé à la campagne, il se trouva rappro-
ché par les conditions mêmes de l'exis-

tence commune de celle qui causait son trouble.

L'isolement, le calme des champs, sont pour la passion des excitants redoutables. La nature se fait volontiers le complice de nos faiblesses; elle donne aux désirs de l'âme et des sens une puissance infinie. Elle leur parle, les déchaîne et les fortifie par ses mille voix. Elle leur offre le cadre le plus séduisant, l'attrait le plus trompeur, et en favorise le développement. Les perspectives magiques de l'horizon, les séves printanières, la beauté des cieux, les matins ensoleillés, les soirs mélancoliques, les nuits silencieuses, embellissent nos passions et leur tiennent le langage le plus propre à les rendre exigeantes et impérieuses.

Ces éléments se conjurèrent contre Bernard et vinrent en aide à Vilma. Il la voyait tous les jours, à toute heure. Sans qu'elle

11

eût besoin d'emprunter de nouveaux attraits
aux artifices de la toilette et d'atténuer par
l'éclat de sa parure la rigidité de ses habits
de deuil, elle portait en elle un charme vainqueur dans lequel il fut en quelque sorte
enveloppé. La coquetterie naturelle de la
femme, complétée chez celle-là par le parfum
virginal, par la fleur de sa jeunesse et les
merveilles de sa beauté fut suffisante pour
vaincre Bernard.

On s'est demandé souvent si l'homme pos-
sède la faculté d'aimer deux femmes en même
temps. Bien que cette question ne soit pas
résolue, on peut affirmer que dans tout cœur
ardent, à côté de l'amour le plus noble, le
plus pur, le plus élevé, il y a place pour un
sentiment qui lui ressemble en apparence et
qui n'en diffère en réalité que par l'intensité
plus forte du désir qu'avivent les obstacles,
la terreur et les remords.

Ce fut l'histoire du comte d'Argennes.

Un moment vint où ce désir conçu pour
Vilma fut plus puissant que sa tendresse
pour Angélique, où la légitimité de son bonheur, la sécurité des caresses conjugales dans
lesquelles, épouvanté, il se rejetait désespérément, perdirent leur prix pour revêtir un
caractère monotone, incapable d'apaiser les
feux par lesquels il se sentait dévoré.

Ces sensations furent involontaires et s'im-
posèrent à tout son être, malgré lui. Il voulut réagir. Il appela à son aide les réflexions
les plus sages, les résolutions les plus prudentes. Durant ses longues insomnies, il se
décrivit à lui-même le cruel tableau de son
repos troublé, de ses félicités ruinées, de sa
probité vaincue, de son honneur compromis,
de toutes les catastrophes qui seraient la
conséquence d'un crime ; mais il ne put empêcher que chaque jour Vilma lui versât

dans l'éloquence irritante de son regard,
dans l'harmonie séductrice de sa voix, dans
la perfection achevée de son corps, un poison
amer et doux, mille fois plus délicieux que
le pur nectar de l'amour légitime, et dont sa
fièvre le contraignit à s'abreuver.

Dès que quelques gouttes de ce poison
eurent coulé dans ses veines et embrasé son
sang, il tomba sous l'empire d'une faiblesse funeste. Les mille incidents de la vie
quotidienne, les actions de Vilma, ses paroles,
toutes les circonstances que chaque jour faisait naître, il les vit à travers son amour, les
rapporta à ses préoccupations. Peu à peu,
sa physionomie s'assombrit, son caractère
se transforma. Il devint nerveux, inquiet,
taciturne. Parfois il alléguait tout à coup la
nécessité d'aller pour ses intérêts à Lyon ou
à Marseille. Il partait, demeurait absent
trois jours, essayant de secouer son joug,

traînant comme un boulet sa peine, et revenait ensuite plus accablé, plus préoccupé que lorsqu'il était parti.

Angélique s'alarma de ce changement, dont elle était bien loin de soupçonner la cause. Elle essaya d'interroger son mari. Mais elle ne sut rien, car il nia qu'il fût préoccupé ni malade, et pour dissiper ses craintes s'imposa le devoir de l'environner de tous les témoignages d'une ardente affection.

Vilma fut plus clairvoyante qu'Angélique. Elle ne tarda pas à découvrir les ravages causés par sa beauté et s'en réjouit en y puisant des forces nouvelles pour continuer l'œuvre de destruction entreprise contre le bonheur dont elle était jalouse. Avec cette beauté, elle possédait tous les dons qui assurent la domination de la femme et la créent reine parmi les hommes, l'instruction et l'esprit. Elle parlait plusieurs langues. Ayant beaucoup lu, les littératures slaves lui étaient aussi familières que celles de l'Angleterre, de l'Allemagne et de la France. Elle aimait les arts, la musique surtout, pour laquelle elle professait un goût passionné, servi par une merveilleuse voix. Les exercices violents l'attiraient. En toutes choses elle apportait l'audace et la décision, sans prudence, mais aussi sans peur.

Tant d'heureux et rares priviléges étaient mis en relief par sa jeunesse resplendissante comme un matin de printemps, par le caractère piquant de ses reparties, par des igno-rances feintes, des ingénuités voulues, des candeurs jouées, et surtout par cette fraî-cheur de sensations, cette suavité mystérieuse qui forment le sublime attrait des vierges. Voilà quelles armes elle aiguisa pour achever la défaite de Bernard, qu'avec une diabolique habileté elle affola tout à fait, en lui laissant comprendre, par sa manière d'être devant lui, qu'elle serait sans énergie pour lui résister, si jamais il osait faire l'aveu de son tourment.

Malgré tout cependant, Bernard résistait, redoutant de se lier à Vilma par une parole imprudente ou une action irréparable. En dépit des entraînements de son imagination, il était encore maître de soi. Il ne lui était pas arrivé une seule fois de caresser complaisamment les caprices de sa pensée sans interrompre tout à coup sa rêverie, sans se reprocher de s'y être abandonné et sans prendre la ferme résolution de rester honnête homme. Il se débattait tant qu'il pouvait contre le flot des tentations enivrantes qui affluaient à son cerveau. C'est même cette lutte qui causait ses angoisses, car, en passant alternativement d'une extrême faiblesse à une extrême énergie, il mesurait la profondeur de son mal et l'étendue du péril auquel il était exposé. Il est donc permis de penser qu'il aurait échappé à ce péril, si des incidents inattendus, survenant brusquement, n'avaient paralysé ses loyaux efforts et désarmé sa volonté. Il semble que ce soit dans la destinée de l'homme de voir à l'heure même où il aurait besoin d'être secouru des circonstances fatales se coaliser contre lui, et l'emporter inerte et vaincu aux fautes qu'il voulait s'épargner, aux abîmes qu'il voulait fuir.

IV

On était alors vers le milieu de l'été. La vie au château s'écoulait uniforme et paisible, car les orages que nous avons décrits, ne grondant qu'au fond des cœurs, ne troublaient pas son apparente sérénité. Presque tous les matins, Bernard montait à cheval, parcourait son domaine, allait s'entretenir avec ses fermiers ou surprendre au travail les nom-

11.

breux ouvriers qu'il employait. Fuyant les
occasions de se trouver seul avec Vilma, il
faisait ses excursions au lever du jour, quand
elle dormait encore, avant même que le
soleil eût dissipé la nuit, et n'en reculait
l'heure que lorsqu'Angélique, sa seule sauvegarde, promettait de se joindre à lui.
C'est à ces promenades matinales qu'il demandait l'apaisement des agitations et des
fièvres de son sommeil ; c'est alors que,
l'esprit libre, la pensée nette, le cœur calme,
il envisageait froidement les résultats de
toute imprudence qui trahirait son secret,
prenait des résolutions énergiques et s'armait
pour être fort en présence de Vilma.

Il revenait vers onze heures, quand le
déjeuner réunissait tous les habitants du
château. Vilma l'attendait presque toujours
avec les enfants sur le perron. Quand il
descendait de cheval, elle venait à lui et,

comme l'aurait fait une sœur, elle lui pré-
sentait son front, sur lequel en tremblant il
posait ses lèvres. C'était un moment redoutable et délicieux auquel il lui arrivait souvent
de penser durant sa route quand l'imagination, plus éloquente que le devoir, éblouis-
sait ses yeux de l'image de l'enchanteresse
ou faisait monter tout à coup à son cerveau,
comme un souvenir du baiser de la veille,
une bouffée du parfum de ses cheveux. Puis
ils rentraient tous ensemble, lui tenant par
la main son fils, dont les sept ans s'embel-
lissaient chaque jour d'une grâce nouvelle,
Vilma souriant à la fillette, à peine âgée de
quelques mois, qui gazouillait entre les bras
de sa nourrice. Il rejoignait ainsi Angélique,
qui, les voyant arriver unis, souriants et
calmes, ne pouvait deviner le drame qui se
jouait entre eux.

Une heure après le repas, tandis qu'Ange

lique et Vilma s'installaient dans le vaste
salon d'été pour y passer l'après-midi, Bernard s'enfermait chez lui afin de chercher
dans le travail le calme qu'il souhaitait avec
ardeur. Il aimait l'étude ; naguère elle était
une de ses meilleures joies, et c'est encore
à elle qu'il revenait quand il tentait de
secouer sa chaîne. Mais elle avait, hélas !
perdu le don de le distraire. Il restaït maintenant durant des heures immobile, le front
courbé sur ses livres, mais l'esprit perdu
dans des rêveries brûlantes. Parfois il se
levait, irrité, s'avançait vers la croisée, appuyait son front contre la vitre froide, et
restait là longtemps, regardant sans les voir
les pelouses et les avenues du parc, les futaies de châtaigniers et l'horizon tout empour-
pré des feux du jour, qui se jouaient aux
flancs nus des montagnes en longues alter-
nances de lumière et d'ombre.

Puis, quand la chaleur s'apaisait, quand les brises parfumées commençaient à courir à la cime des arbres et descendaient rafraîchissantes sur les champs, il rejoignait Angélique et Vilma. C'était le moment des promenades en famille. Grands et petits prenaient place dans un break solide et léger, attelé de chevaux robustes, au pied sûr, et partaient pour des excursions dont les ruines d'un château fort ou d'une chartreuse étaient ordinairement le but.

D'autres fois, ils descendaient à pied jusqu'à l'Ardèche, montaient dans un bateau attaché à la rive et se dirigeaient au gré du courant vers le pont de l'Arc. Cette merveille naturelle, renommée dans tout le midi de la France, consiste en une vaste arcade creusée dans le roc à une hauteur énorme au-dessus des eaux. A droite et à gauche, le paysage de la vallée offre à l'œil des perspectives sai-

sissantes : bois, grottes et rochers se succè-
dent. Le soleil, en se couchant, couvrait
cette belle nature de paillettes d'or qui
s'attachaient scintillantes, dans le demi-jour,
aux branches des arbres, aux anfractuosités
des pierres. Puis, peu à peu, elle se voilait
de brume. La lune montait à l'horizon, lentement, se jouant dans les branches des
châtaigniers massifs, apaisant des blancheurs
de sa lumière les ardeurs empourprées qui
rayaient le ciel. La majesté d'un soir divin
s'embellissait de la majesté d'un solennel
silence. L'ombre des hautes montagnes s'al-
longeait à travers la plaine toute claire, et,
l'une après l'autre, les étoiles faisaient au
firmament leur resplendissante trouée.

Pour des cœurs libres de s'aimer sans
remords, ces promenades auraient eu un
charme exquis ; mais la passion de Bernard
y puisait une agitation fiévreuse qui avivait

son trouble. Assis au gouvernail, il voyait
Vilma penchée sur les rames qu'elle aimait
à tenir, imprimant à son corps un balance-
ment gracieux et régulier, et dardant sur
lui ses yeux éloquents, toutes les fois que,
tirant à elle les avirons, elle renversait en
arrière avec une lenteur savante son buste
souple et sa tête adorable.

A l'autre extrémité du bateau se tenaient
Angélique et ses enfants ; mais Bernard ne
les voyait pas, son regard s'arrêtait à Vilma.
Quand elle était lassée, elle le priait de
prendre sa place et de lui laisser la sienne.
Il obéissait ; mais en touchant les rames que
pendant longtemps les mains de l'enchanteresse venaient de presser, il sentait sur sa
chair une brûlure qui passait dans son sang
et montait jusqu'à son cerveau pour troubler
sa raison.

Ils revenaient ainsi en remontant le cou-

rant, sans parler. Tout à coup, dans le silence
et la nuit naissante, la voix de Vilma s'éle-
vait sonore et pure ; elle chantait des chansons
de son pays, élégies plaintives ou ballades
passionnées, dans lesquelles Bernard recon-
naissait les accents de son propre cœur. Alors
il était tenté de se précipiter vers elle, de la
saisir entre ses bras, de l'étouffer sous les
caresses et de mettre un terme au mal dont
il souffrait. En ces instants, la présence
d'Angélique était son unique sauvegarde.
Quand sa fièvre avait passé, brisé de ses
terreurs et de ses désirs, il tentait de regarder en face les obsessions violentes qu'il
venait de subir et se promettait de nouveau
d'éviter toute occasion de rester seul avec
Vilma.

— A quoi tient ma vertu ? se demandait-il
épouvanté. A un accident vulgaire, à une
circonstance banale qui tout à coup me

mettrait désarmé devant l'objet de ma funeste passion. Et il suffirait d'une minute pour arracher à mon cœur le secret qu'il a su contenir, et pour fouler aux pieds mes devoirs, pour briser ma vie, ruiner mon honneur et devenir infâme! Oh! non! non! jamais! je saurai résister. Je résisterai, je le dois, je le veux!

Au retour d'une de ces promenades, un soir, comme ils rentraient au château, Angélique se plaignit d'avoir pris froid et d'éprouver par tout le corps une violente lassitude. Ce n'était sans doute qu'un mal passager, sans gravité, mais qui la contraignit à se retirer dans sa chambre et à laisser Bernard et Vilma en tête à tête. Jamais pareille aventure n'était survenue. Elle trouva Bernard démoralisé, énervé par les tentations qui hantaient son esprit, plus puissantes que sa volonté. Lorsque, rassuré

sur la santé de sa femme qu'il avait ramenée
chez elle, il revint auprès de Vilma, il fut
saisi par une émotion, hélas ! familière à son
âme, et qu'aggravait à cette heure le péril
de son isolement clairement entrevu.

Ils dînèrent face à face. Bernard, pâli,
tordu par une angoisse délicieuse et déchirante à la fois ; Vilma, paisible en apparence, parlant avec volubilité, toute joyeuse,
s'efforçant de le distraire, devinant ses
terreurs et s'attachant à les éloigner de lui.
La présence des domestiques favorisa leur
mutuelle dissimulation ; mais quand, après
le repas, ainsi qu'ils le faisaient tous les soirs
avec Angélique, ils allèrent s'asseoir sur la
terrasse qui s'étend devant le château et
domine la vallée de l'Ardèche, seul avec
Vilma, libre de l'écouter et de lui répondre,
Bernard devina que l'heure était grave, et
que la crise allait éclater sans qu'il eût la

possibilité de l'écarter. Il se résigna à
l'affronter.

Vilma garda d'abord le silence. La tête
renversée sur le dossier de sa chaise, les
yeux au ciel, elle paraissait suivre attenti-
vement le jeu brillant des étoiles ; en réalité,
elle ne perdait pas de vue Bernard, accoudé
à la balustrade, morne et pensif. Tout à coup
elle inclina le front vers lui, étendit le bras
et, posant la main sur la sienne, elle demanda
d'une voix tranquille :

— Pourquoi êtes-vous triste, mon cousin ?
Quelle peine est entrée dans votre cœur ?
Voilà plusieurs jours que je vous observe.
On dirait que vous n'êtes pas heureux.

Le contact de cette main, l'accent de cette
voix l'arrachèrent à sa rêverie. Son cœur
provoqué, défait sans combat, envoya à ses
lèvres fiévreuses une horrible réponse, aveu
de sa défaite et de son coupable amour ;

mais, dans ce péril extrême, il reçut un
secours imprévu. Le doux et pâle visage
d'Angélique passa devant ses yeux, il la vit,
la chère créature, inanimée, déchirée par sa
trahison, et le cri qui devait le perdre fut
étouffé. Il répondit :

— Vous vous êtes trompée, Vilma, je
n'éprouve ni peine ni tristesse.

Puis il se leva, se mit à marcher sur la
terrasse, redevenu soudain maître de lui ;
mais comme il passait devant Vilma, elle
l'arrêta doucement d'un geste timide et
reprit :

— Pourquoi me traiter comme une enfant ?
pourquoi vouloir me taire la vérité que j'ai
surprise ? Ne me jugez-vous pas digne de
devenir votre confidente et votre amie ?

— La vérité ! vous avez surpris la vérité !
s'écria-t-il éperdu.

— Je le crois, fit-elle en baissant les yeux.

— Mais alors ! pourquoi m'interrogez-vous ?

— Pour vous entendre me confier le secret que vous enfermez dans votre cœur.

— Que vous importe ce secret?

— C'est que je le crois frère du mien, oui, frère de celui qui m'oppresse moi-même.

Il chancela, ses mains s'agitèrent dans le vide, cherchant un appui, et rencontrèrent heureusement le marbre glacé de la balustrade, auquel il se cramponna tremblant, trouvant une énergie désespérée dans la peur de tuer Angélique, qui venait de s'emparer de lui et dominait sa faiblesse. Quant à Vilma, elle se tenait debout, l'enveloppant d'un long regard où, dans la nuit, brûlaient les feux de sa passion; n'attendant qu'un signe, qu'une parole, pour se presser

contre lui et se faire une chaîne de ces bras
qui la fuyaient.

— Je ne comprends pas ; je ne veux pas,
je ne dois pas comprendre, murmura-t-il ;
si je comprenais, je n'aurais pas le droit
de vous laisser vivre dans cette maison, et
mon devoir m'obligerait à vous envoyer attendre au Sacré-Cœur le moment de votre
mariage.

— Mon mariage ! L'heure est vraiment
bien choisie pour m'en parler, objecta Vilma
d'un ton ironique et sombre ; vous m'obligez
à vous déclarer que je suis résolue à ne me
marier jamais.

— Résolue à ne vous marier jamais ! Vous
avez promis cependant d'accepter un mari de
ma main.

— Ne fallait-il pas en entrant dans votre
maison dissimuler mes projets ? C'est pour
cela que j'ai promis, avec la ferme volonté de

ne pas tenir : comment pourrai-je me marier, puisque c'est vous que j'aime ?

Ce cri sortit de sa bouche audacieux, su-
perbe, et remua Bernard jusqu'aux entrailles. A moitié fou, il voulut protester ;
mais Vilma ne lui en laissa pas le temps.

— Oui, je vous aime, dit-elle à demi-voix,
je vous aime depuis que je vous connais :
cela a commencé par la tendresse naïve, irré-
fléchie, mais enthousiaste d'une âme d'enfant ; c'est aujourd'hui l'amour d'une femme,
ardent, impérieux, fortifié par d'indestruc-
tibles souvenirs, par la douleur, par la haine
même, oui, par la haine, car je la hais, cette
Angélique dont vous n'avez pu devenir
l'époux qu'en me rendant malheureuse pour
toute ma vie. Quand j'avais dix ans, je pensais à vous nuit et jour ; je rêvais de ne vous
quitter jamais ; votre parole me bouleversait,
un baiser de vous m'animait d'un indicible

transport. Par ce qu'étaient alors mes sentiments, appréciez ce qu'ils sont devenus.
Vous ne les avez pas vus grandir, puisque
j'ai vécu longtemps loin de vous ; mais ap-
prenez qu'ils sont le prix de ma douleur et
le fruit de mes larmes, car j'ai souffert, car
j'ai pleuré, ne rêvant que de l'espérance de
vous retrouver. Et maintenant que je suis
auprès de vous, maintenant que je me sais
aimée, car vous m'aimez, et je n'ai pas pu
me tromper à vos tristesses, vous venez me
parler de mariage ! C'est trop tard, et je ne
me marierai pas.

— C'est horrible ! s'écria Bernard, que ces
aveux prononcés d'un accent passionné remplissaient de terreur et laissaient sans courage.

— Est-ce notre faute si l'amour nous a pris
pour victimes ? répliqua Vilma. Qui m'a mis
au cœur l'ardente passion qui me jette à

vous ? Si je suis impuissante à la combattre, c'est qu'une volonté supérieure me domine comme elle vous domine vous-même, et nous pousse fatalement l'un vers l'autre. A quoi bon se débattre ?... l'arrêt du destin est clair autant qu'inflexible, et ni vous ni moi ne pouvons plus secouer les chaînes qu'il a forgées.

Elle se transfigurait en parlant. Ce n'était plus la spirituelle et rieuse fille que Bernard connaissait, mais une amoureuse aux terribles ardeurs, image vivante de la passion par laquelle les hommes sont entraînés jusqu'au crime.

Pour la première fois, elle se révélait dans sa splendide et redoutable horreur, et si durant cette soirée fiévreuse Bernard ne succomba pas, c'est que sa conscience et sa tendresse pour Angélique ne pouvaient être vaincues en un seul assaut ; c'est aussi

12

qu'en parlant de sa haine, Vilma l'épouvanta plus encore quelle ne le séduisit en parlant de son amour.

Il y eut une minute où dans le déchaînement de ses désirs, sa raison éclaira l'abîme ouvert sous ses pieds. Les mains de Vilma s'étaient appuyées sur ses épaules; elle dardait ses yeux sur ses yeux, il sentait le parfum de ses cheveux, il respirait son haleine. Elle croyait le tenir, quand tout à coup il se dégagea brutalement de ses étreintes, la repoussa loin de lui en disant :

— Non ! ce serait infâme ! partez, malheureuse enfant, partez, fuyez cette maison où désormais nous ne pouvons plus demeurer ensemble. Je veux vous sauver de vous-même en défendant contre vous mon honneur et le repos de mon foyer.

— Je ne partirai pas, répondit Vilma avec douceur, mais avec fermeté; vous n'oserez

me chasser : ce serait m'envoyer à la mort.
Comprenez donc, ajouta-t-elle, en se rapprochant de lui, que je ne peux plus vivre sans
vous.

— Et moi, je ne veux plus vivre avec vous.
Si vous refusez de vous éloigner, je fuirai
ces lieux.

— Faites donc, reprit-elle résignée ; j'attendrai votre retour, car vous reviendrez
bientôt. Oh ! Bernard, c'est en vain que vous
voulez vous soustraire à votre sort. Vous
parlez d'infamie, d'honneur, de repos,
pauvres raisons dont ma passion ne tient
aucun compte, et que la vôtre foulera bientôt
aux pieds. L'infamie ne commence que
lorsque cesse le mystère ; l'honneur et le
repos ne sont compromis que si le secret est
divulgué. On peut s'aimer en silence, dans
l'ombre, sans danger.

— Assez ! misérable créature ! s'écria Ber-

nard ; je ne sais de qui vous tenez cette
science fatale et précoce, mais elle me fait
horreur.

A ces mots, Vilma tressaillit et releva
fièrement la tête :

— Depuis douze ans je vous aime, fit-elle,
sans colère ; depuis dix ans je vous pleure,
depuis dix ans pas un jour n'a passé que je
n'aie maudit celle à qui vous vous êtes donné,
et que je n'aie caressé l'espoir de vous voir
tout à moi. Ne cherchez pas d'ailleurs de qui
je tiens ce que vous appelez ma science. Je
n'ai eu d'autre maître que mon amour, mon
ressentiment, mes larmes ; et si je suis savante, c'est que la solitude rend les heures
longues et fécondes. Maintenant, que je vous
fasse horreur ou que je ne vous inspire que
la pitié, peu importe, puisque dans votre
cœur et malgré vos efforts pour m'en cacher
le trouble, j'ai discerné l'amour que vous

ressentez pour moi. Allez ! débattez-vous, tentez de fuir, luttez, révoltez-vous contre la passion qui vous obsède, vous serez mien, car le lien qui, malgré vous, nous unit est indissoluble.

Ses dernières paroles expirèrent dans un sanglot qui en rendit l'accent déchirant et navré. La douleur cachée sous cette prophétie menaçante toucha Bernard d'un trait nouveau, et, entre les sentiments contraires qui durant cette longue veille s'étaient disputé son cœur, le rendit docile au plus doux, au plus tendre, au plus humain d'entre eux. Il saisit dans ses mains les mains de Vilma et s'efforça de l'apaiser.

— Revenez à vous, supplia-t-il ; parlez un autre langage : n'ayez pas ces accents impérieux qui me remplissent d'effroi. Si vous m'aimez, ayez pitié de nous ! renoncez à nous rendre criminels ; si vous souffrez, nous

12.

chercherons ensemble les moyens de vous guérir. Je ne saurais être votre amant, vous le savez bien, mais votre ami…

Elle secoua la tête en disant :

— Ce ne peut être l'amitié, puisque c'est l'amour.

— Alors que Dieu nous protége ! murmura Bernard.

Il écarta Vilma toujours debout devant lui et s'éloigna rapidement. Elle le regarda fuir et disparaître sous les futaies du parc que la nuit baignait de sa pure lumière. Puis, quand elle se vit seule, elle se laissa aller sur un siége et demeura rêveuse pendant quelques instants. Saisie tout à coup dans cette immobilité par la fraîcheur du soir, elle rentra. Mais avant de regagner sa chambre, elle passa par celle d'Angélique afin de s'informer de son état. La comtesse d'Argennes ne dormait pas. A la lueur de la veilleuse, Vilma vit ses yeux ouverts, plus brillants que de coutume. Elle toucha ses mains posées sur la couverture : elles étaient brûlantes.

— Tu souffres ? lui demanda-t-elle.

— Oui, d'un peu de fièvre, répondit Angélique ; mais dans quelques heures, il n'y paraîtra plus.

— Ne veux-tu pas que j'envoie à Vallon chercher le médecin ?

— Non, certes ; ce sera toujours assez tôt demain matin.

— Je vais alors passer la nuit dans un fauteuil, près de toi.

— Je te le défends, mignonne, va dormir. Je n'ai pas besoin de soins, et s'il en était autrement, ma femme de chambre suffirait.

Vilma l'embrassa et allait partir, quand Angélique reprit :

— Et Bernard, qu'en as-tu fait ?

— Nous avons passé la soirée ensemble sur la terrasse, se hâta de répondre Vilma. Puis il est allé se promener dans le parc; la nuit est radieuse.

Elle sortit sur ces mots, un peu troublée, se demandant si la question de madame d'Argennes était dictée par un premier soupçon. Puis, en pensant que le malaise d'Angélique annonçait peut-être une maladie grave, elle éprouva la plus violente agitation.

— Si cette maladie allait avoir un dénoûment fatal, Bernard deviendrait libre, se dit-elle, et alors il ne considérerait plus son amour pour moi comme un crime! mais, non! non! qu'elle vive! Et surtout qu'elle reste belle! c'est à armes égales que je veux lutter.

Ce fut sa dernière pensée avant que le sommeil s'emparât d'elle.

A la même heure le comte d'Argennes se
promenait à grands pas sous les arbres de
son parc endormi. Sans chercher à se dissimuler le péril qu'avait fait éclater cette
longue et fiévreuse soirée, il se demandait
par quels moyens il parviendrait à le conjurer. Sans doute il lui était permis de se
féliciter. Sa loyauté sortait intacte de cette
épreuve nouvelle. Sous le coup d'une salu-
taire épouvante, il imposait silence à son
imagination pour n'écouter que sa raison.
Elle lui donna successivement divers conseils qu'il soumit à un examen scrupuleux.
Il en écarta plusieurs comme impraticables,
notamment celui de faire connaître à Angélique la vérité et de recourir à elle pour décider Vilma à aller passer quelques mois au
Sacré-Cœur. Il ne se considérait pas comme
libre de révéler, même à sa femme, le
secret de cette funeste passion. Il s'arrêta

plus volontiers à l'idée de partir, certain
de trouver facilement un motif propre à
justifier un voyage de deux ou trois mois.
Pendant ce temps, hors de sa présence,
Vilma s'apaiserait. Le traître charme que
lui-même subissait et qui le laissait encore
si faible se dissiperait en lui rendant toute
l'honnête énergie qu'il entendait apporter
désormais dans la lutte à laquelle il s'était
condamné. Lorsqu'à une heure avancée de
la soirée, il s'achemina vers le château, il
avait résolu de partir et d'éviter jusqu'au
moment de son départ toute occasion de se
trouver seul avec Vilma.

Mais une circonstance imprévue renversa
ses projets et déjoua ses intentions loyales.
Durant la nuit, le mal de la comtesse
d'Argennes s'aggrava. Le médecin de
Vallon fut mandé au château et déclara
qu'à supposer même que ce mal ne dégé-

nérât pas en une maladie aiguë, il exigerait
durant quinze jours au moins des soins
attentifs. Bernard se trouvait donc empêché
de s'éloigner de Vilma.

— Ah! la fatalité s'en mêle, pensa-t-il.
Non-seulement me voilà cloué ici, mais
encore je suis condamné à me rencontrer
seul, tous les jours, à toute heure, avec
celle que je voulais fuir.

Les préoccupations que lui causa d'abord
la maladie d'Angélique le gardèrent contre
les tentations qu'il redoutait. Vilma elle-
même parut uniquement occupée de la santé
de sa cousine, à laquelle, avec un zèle
ardent qui pénétra de reconnaissance l'âme
de Bernard et la rendit plus faible, elle
prodigua des témoignages de sollicitude et
d'affection. Mais lorsque, toute crainte de
complication écartée, Angélique cessa d'être
un objet d'inquiétude et commença à guérir,

les malheureux se trouvèrent pendant plusieurs journées successives seuls, libres, livrés à eux-mêmes, à leurs désirs, à leur faiblesse. Le comte d'Argennes ne pouvait songer à partir encore, et Vilma, résolue à vaincre, mit ce temps à profit pour exercer de nouveau sur lui, avec une patiente ténacité, sa criminelle séduction.

Il était à bout de forces, et en quelque sorte mûr pour la chute. Un soir, las de souffrir, las de résister aux prières de Vilma, il s'abandonna. Il mesura froidement la profondeur de l'abîme d'infamie et de honte dans lequel il allait descendre et n'en ressentit aucun effroi, déjà grisé par l'odeur capiteuse des fleurs qui en couvraient les bords.

Une heure d'affolement emporta ses fermes résolutions. Son imagination fit en peu de temps un long voyage et le conduisit

à une vision qu'il contempla sans faiblir :
l'adultère installé, organisé dans sa maison,
souillant son foyer et le condamnant lui-
même à une vie d'hypocrisie et de mensonge.

La nuit avait revêtu ses plus brillantes
parures et fut la complice de l'amoureuse
Vilma.

Sur la terre et au fond du firmament
tout était beau comme elle d'une beauté
magique; comme elle tout rayonnait, comme
elle tout parlait d'amour. — Aimez! di-
saient les étoiles lumineuses; — Aimez!
chantaient les eaux de la rivière en rou-
lant sur leur lit de cailloux et de sable
fin ; — Aimez! murmurait la brise qui
descendait odorante des hautes montagnes,
en balançant les nids suspendus aux branches; — Aimez! aimez toujours! aimez
partout ! répétaient les voix harmonieuses

de la nuit en versant au cœur de Bernard leurs puissantes ivresses.

Il ne luttait plus ; il avait assez lutté, il s'était assez débattu. Le flot des voluptés ardentes l'entraînait maintenant inerte dans un tourbillon. Ce fut la sensation du naufragé aux mains duquel se brise l'épave sur laquelle il s'appuyait, et qui, se sentant perdu, se résigne à mourir, renonçant à lutter davantage afin d'en avoir plus vite fini avec un lambeau d'existence qui ne lui réserve plus que le martyre d'une horrible agonie.

A quoi bon s'attarder à des détails douloureux, et que pourrions-nous dire que l'on n'ait deviné déjà pour caractériser la faute de Bernard et en faire mesurer l'étendue ?

Pendant quinze jours, tandis que s'achevait la guérison d'Angélique, son malheu-

reux mari se laissa entraîner par les ardeurs
dont était embrasé son sang. Étreint d'un
insatiable et puissant désir, il vécut d'une
vie de folie et de fièvre, à peine traversée
par quelques heures lucides, trop rares et
trop brèves pour qu'il trouvât la force et
le temps de briser sa chaîne.

Les terreurs et les scrupules qui jusqu'à
ce moment l'avaient tenu en garde contre
le péril s'étaient dissipés tout à coup dans
l'emportement d'une passion qu'attisaient
la séduisante beauté de Vilma, transfigurée
par la joie de la victoire, et son instinctive
perversité voilée de candeurs piquantes,
propres à en accroître la fatale influence
et l'éclat passager. Les remords qu'il avait
tant redoutés, il ne les entendait pas encore;
sa conscience se taisait, attendant l'heure
où le flot des désirs retiré, ses accents
pourraient être efficaces.

Et puis les circonstances extérieures elles-
mêmes semblaient se conjurer pour favo-
riser l'erreur de ces coupables amants. Le
malheur de leur destinée voulut que les
conditions de leur existence commune se
trouvassent modifiées par la maladie d'Angélique. Sa présence leur fit défaut et cessa
de les défendre l'un contre l'autre. Ils
eurent la liberté de se voir à leur gré, le
jour et la nuit. Il leur fut facile d'échapper
à la surveillance et aux soupçons des habitants de ce vaste château dans lequel ils se
donnaient impunément des rendez-vous.

Ils avaient en outre la ressource des
promenades : ils montaient à cheval dès
l'aube et s'en allaient au loin continuer
leurs amoureux entretiens ; le soir, dès que
la nuit voilait la vallée, ils prenaient congé
d'Angélique dont la confiance tranquille les
laissait s'éloigner avec la certitude qu'en la

quittant ils allaient se séparer, et, sortant
du château sans être vus, ils demeuraient
ensemble de longues heures, tantôt dans le
parc, tantôt au bord de l'eau, excitant leur
folle ardeur dans ces longs tête-à-tête sans
cesse renouvelés. La chute avait été rapide
et l'ivresse profonde : terrible fut le réveil.

V

Un matin, au moment où Bernard et
Vilma descendaient de cheval, revenant
d'une longue promenade aux environs d'une
chartreuse située sur les rives de l'Ardèche,
Angélique parut devant eux à l'improviste.
Elle était encore faible et pâle, mais la santé
lui revenait ; elle avait voulu surprendre
son mari en se montrant à lui avant qu'il

fût préparé à la revoir debout et guérie. Quand il entra dans la salle à manger, à l'heure du déjeuner, précédant Vilma, il aperçut Angélique assise à table et l'attendant. Elle le regardait souriante.

Il ne put retenir un cri d'étonnement, ni se défendre d'une cruelle angoisse qui le saisit au cœur d'une étreinte si poignante qu'il comprit que le rêve dans lequel il venait de vivre était fini et que la vie recommençait. Depuis quinze jours, il était ivre ; brusquement la vue de sa femme le dégrisa. Ce fut une impression brutale et violente, le saisissement d'une catastrophe soudaine. La réalité produit souvent ces coups imprévus. Un frisson mortel traversa son corps ; il se sentit défaillir, et, s'il parvint à taire à la confiante Angélique sa douloureuse émotion, c'est qu'un effort désespéré l'empêcha de se trahir.

— Tu ne t'attendais pas à me revoir à cette place aujourd'hui! lui dit-elle d'un accent qui révélait sa tendresse et son bonheur.

— C'est vrai! je ne te croyais pas encore assez vaillante pour descendre, répondit-il en dominant son trouble; mais n'est-ce pas une imprudence d'avoir quitté si tôt ta chambre?

— Autorisation du médecin, reprit-elle, se méprenant à l'émotion de Bernard. Viens m'embrasser!

Il s'avança vers elle, et, obéissant au doux regard qu'elle fixa sur lui, il s'agenouilla. Elle prit dans ses mains qui tremblaient la tête de son mari. Après avoir plongé ses yeux passionnés dans ces yeux menteurs, condamnés maintenant à feindre, elle posa ses lèvres sur ce front qu'elle croyait vierge des baisers d'autrui. A ce contact, l'émoi de

13.

Bernard redoubla, une pâleur maladive se répandit sur ses traits.

— M'en veux-tu de t'avoir donné cette joie sans t'avertir? demanda madame d'Argennes à son mari.

— Non! non! fit-il, et, pour la mieux tromper, il se pressa contre Angélique, qui le tenait toujours entre ses bras, heureuse d'entendre si près d'elle les battements d'un cœur dont elle ne soupçonnait pas l'infidélité.

— Je reprends possession de toi, mon bien-aimé, lui dit-elle doucement. Si tu savais combien j'ai redouté de mourir! Ce n'est pas la mort qui me faisait peur, mais je pensais à nos chers enfants, à toi-même, et surtout aux souffrances que tu endurerais, si tout à coup tu me perdais.

Ce langage tout pénétré d'une tendresse infinie bouleversa Bernard, le rendit à lui-même, l'arracha pour toujours à ses ivresses malsaines et le remit sous le joug de son ancien et légitime amour. Du même coup, la lumière entra dans son âme, éclaira son crime, et le lui montra sous son jour véritable, nu, dans son odieuse réalité, inexplicable, dégagé de toute illusion, dépassant de beaucoup, par ses détails et par les circonstances dans lesquelles il avait été commis, les proportions d'une faute ordinaire, accidentelle, sans lendemain.

Ce n'était pas l'adultère banal, se résumant en une infidélité plus ou moins excusable, ou même en un manquement grave à des devoirs sacrés ; mais une aberration monstrueuse, à laquelle la jeunesse de Vilma et son innocence présumée donnaient le caractère d'une honte ineffaçable et d'une irréparable infamie, compromettant le présent et engageant l'avenir dans une éternelle

complicité. Et puis, si coupable qu'eût été
Vilma, il se considérait comme plus coupable
qu'elle, car pour se défendre il possédait des
armes dont elle était privée : son amour
pour Angélique, la raison, la maturité de
l'esprit.

Ces réflexions traversèrent sa pensée rapidement, d'un trait, et l'agitèrent d'un frisson
convulsif et douloureux. Un sanglot qu'il fut
impuissant à étouffer s'échappa de sa gorge.
Terrifié, brisé, la tête perdue, il noya son
front brûlant dans les mains de sa femme et
souhaita de mourir à cette place, dans ce
refuge encore ouvert et qui se fermerait im-
pitoyablement quand éclaterait la vérité. Cet
accès de son désespoir, ce cri de sa peine,
madame d'Argennes ne les comprit pas. Elle
y vit l'explosion d'une tendresse cruellement
éprouvée et rassurée trop vite. La transition
d'une grande douleur à une grande joie,

quand elle s'accomplit soudainement, est
déchirante autant que la douleur elle-
même.

Elle enlaça plus étroitement son mari
et le supplia de s'apaiser.

Ils étaient encore là, confondus dans une
étreinte passionnée, quand tout à coup, gaie,
rieuse, l'œil brillant, les cheveux dénoués
par le vent et fredonnant un air de victoire,
entra Vilma. Elle portait sur son bras les
plis ramassés de sa longue robe et tenait
d'une main sa cravache et son chapeau qu'elle
posa sur une chaise, en lançant dans l'air le
refrain de sa chanson. Puis, ayant levé les
yeux, elle vit Angélique et Bernard qui se
séparaient brusquement, un peu honteux de
s'être laissé surprendre enlacés. Elle devina
que ce cœur, sur lequel elle se croyait désormais toute-puissante, tentait de lui échapper;
son visage, miroir fidèle des mobilités de son

âme, s'assombrit, elle resta debout, immobile.

— Te voilà aussi bien étonnée, mignonne,
dit madame d'Argennes.

— Étonnée, mais heureuse, répondit Vîlma
sans rien perdre de son sang-froid. Je n'es-
pérais pas que tu pourrais te lever aujour-
d'hui. Le docteur prétendait hier que tu ne
devais quitter la chambre que dans trois
jours.

— Il a changé d'avis ce matin, répliqua
joyeusement Angélique. Quand il m'a vue
debout, vaillante, impatiente de respirer le
grand air pur en votre compagnie, il m'a dit :
« Allez, belle dame, allez reprendre votre
place au milieu de votre famille et abréger
l'impatience de ceux qui vous aiment. Seulement, soyez prudente, rentrez chez vous
pendant deux jours encore avant le coucher
du soleil. » Oui, c'est ainsi qu'il a parlé ; j'ai

obéi, et sur-le-champ je suis venue vous
attendre ici, mes chers amis, contente, oh!
oui, bien contente!

En finissant, elle tendit les mains à Bernard et à Vilma. Attirant celle-ci, qui se
laissa faire impassible en essayant de sourire, elle l'embrassa tendrement.

Pendant le repas, elle continua à manifester la même gaieté, affectueuse et expan-
sive, formant des projets, pressée de reprendre le cours de sa paisible et belle
vie, un moment interrompue, de se consacrer de nouveau à son mari, à ses enfants.
Puis elle interrogea Bernard et Vilma
pour connaître l'emploi de leur temps
durant sa maladie. Ils répondirent en lui
répétant les mensonges à l'aide desquels
matin et soir, depuis quinze jours, ils entre-
tenaient sa confiance; mais ces mensonges,
que Vilma débitait froidement, avec l'accent

de la vérité, brûlaient maintenant les lèvres de Bernard.

— C'est le châtiment qui commence, pensa-t-il. Me voilà condamné à la tromper désormais, la chère créature. C'est elle que j'aime cependant, elle seule !

A diverses reprises ayant levé les yeux, il rencontra ceux de Vilma qui le fixaient railleurs et curieux. C'est qu'elle devinait ce qui se passait en lui ; ses remords, ses craintes, tout, jusqu'à la résurrection d'un amour qu'elle avait cru vaincre par la puissance du sien, et qui reprenait lentement mais sûrement sa place dans le cœur de Bernard. Il fut effrayé par l'expression de ce visage sur lequel il était accoutumé à lire et qui lui révélait des amertumes passionnées et des révoltes redoutables. Il comprit que s'il tentait de rompre des liens dont la présence de sa femme venait de faire éclater à ses yeux toute l'infamie, une effroyable lutte s'engagerait entre Vilma et lui.

En sortant de table, Angélique voulut marcher dans le parc. Elle s'attacha au bras de son mari, qui la conduisit avec sollicitude jusqu'à un quinconce de tilleuls, sur lequel les enfants prenaient leurs ébats. De cette place on découvrait la vallée encadrée entre les montagnes dont les cimes brunes se découpaient sur l'horizon bleu et traversée comme d'un ruban d'émeraude par les flots clairs de l'Ardèche, déroulant leurs tremblantes sinuosités entre les rives fleuries.

C'était une de ces journées radieuses qui marquent la fin de l'été et annoncent l'automne. Un vent doux et parfumé rafraîchissait l'air. Les blés mûrs couvraient la plaine de vastes carrés d'or, brillant au soleil parmi les prairies grasses, dans la fertile splendeur

du paysage. Aux flancs des collines qui s'allongeaient en contours délicats, le long des
chaînes plus hautes auxquelles elles servaient
d'assises, s'étageaient dans une gamme de
tons variés et harmonieux les châtaigniers
aux ramures épaisses et larges, les mûriers
au feuillage sombre, les vignes dont les pam-
pres chargés de fruits traînaient dans la terre
brune, les landes calcinées par l'été et que
tachait çà et là une silhouette de chèvre sus-
pendue à une touffe d'herbe ou à un buisson
isolé.

— Que c'est beau ! murmura madame d'Argennes en s'asseyant dans un fauteuil apporté
par l'ordre de Bernard, qu'il est doux de
vivre !

Son regard attendri embrassa la campagne
radieuse, éclatante de toutes les ardeurs de
cette exquise matinée ; puis il se reposa sur
son mari, sur ses enfants, sur Vilma, sur le

spectacle de son bonheur groupé dans ce
cadre merveilleux, et dont elle reprenait victorieusement possession. Jamais Bernard
n'avait mieux compris l'étendue de son
amour pour elle que dans ce moment où, l'âme
troublée par le remords et l'esprit obsédé par
la peur, il la retrouva confiante et tendre,
parée de tous les brûlants et doux souvenirs
du passé. Sa rêverie fut troublée tout à coup ;
Vilma s'était approchée de lui et murmurait
ces mots à son oreille :

— Prenez garde ! tâchez d'être maître de
vous ou vous allez vous trahir.

Cet avertissement lui rendit une apparente
énergie, mais non le repos. Il essaya de
sourire ; il prit ses enfants entre ses bras,
il les mit l'un après l'autre sur les genoux
de leur mère ; mais l'angoisse resta dans son
cœur que remplissaient les voix de sa conscience. Peu à peu son inquiétude s'accrut,

et son émotion devint si violente que les jeux auxquels il se livrait pour tromper Angélique lui firent horreur. Il allégua la nécessité de se rendre à Vallon pour une affaire urgente qui exigeait sa présence immédiate. Il prit congé de sa femme, à laquelle il ordonna le repos et qu'il eut le courage de recommander aux soins de Vilma. Puis il s'éloigna, pressé d'être seul, afin d'interroger sa pensée anxieuse.

Mais, au lieu de prendre la route du bourg, il gravit, derrière le château, la colline dont les hautes futaies du parc couvrent le versant méridional, celui qui domine l'Ardèche, et ne s'arrêta que lorsqu'il fut parvenu au point le plus élevé du mont, d'où ses yeux découvraient le versant septentrional, sauvage et désolé autant que l'autre est riant et fertile. En cet endroit, qu'on appelle dans le pays « le désert brûlé, » la végétation s'ar-

rête brusquement à cinquante mètres d'un
large trou qui fut autrefois la bouche d'un
volcan.

Une des parois de cette bouche, en s'écrou-
lant, a mis à nu des amas de scories gigan-
tesques et accumulé dans une convulsion
suprême de la croûte terrestre les flots de
lave refroidis sur les débris des basaltes
pulvérisés. Vu d'en haut, ce cratère détruit,
avec ses monceaux de cendres pétrifiées,
ses aspérités rocheuses, ses formidables
entassements de pierres striées et calcinées,
offre l'image d'un chaos horrible. C'est un
abîme d'une vertigineuse profondeur, dans
lequel toute chute serait mortelle. Contemplé
d'en bas, de la place où se trouve, à l'entrée
des gorges, un misérable hameau, on dirait
les fortifications de quelque ville fabuleuse
entrevue dans un rêve cyclopéen. Les coulées
basaltiques se dressent brunes et lisses

comme des murailles imprenables en s'éta-
geant ainsi que des escaliers inaccessibles.
A leur surface s'ouvrent çà et là des grottes
obscures, inexplorées, qu'on peut comparer
aux meurtrières d'un bastion. Des rochers
s'élèvent de toutes parts, les uns effilés
comme des aiguilles, les autres massifs
comme des tours, et font penser à des ba-
listes et à des catapultes posées là pour aider
à des opérations de géants. Ces lieux sont
dignes de servir de temple à la mort. La déso-
lation qui s'attache aux choses maudites les
enveloppe. Ils sont faits pour inspirer l'effroi,
et il semble que les imaginations malades
seules peuvent s'y plaire.

Est-ce pour cela que Bernard d'Argennes
y fut attiré ? Est-ce parce qu'en ce désert où
nul n'aurait la pensée d'aller le chercher,
sa méditation ne serait pas troublée ? Peut-
être pour ces deux motifs. Il s'assit contre

un rocher, au bord du gouffre, moins sombre
que son âme, et essaya de voir clair en lui-
même. Qu'allait-il faire? Comment mettrait-il
un terme à l'odieuse aventure dans laquelle
il s'était follement jeté, n'ayant pas même
l'excuse de l'amour? car il n'aimait pas
Vilma. Se laisser vaincre par une séduction
brutale n'a jamais été une preuve d'amour.
Il avait succombé sous l'étreinte de ses
désirs, et surtout sous l'implacable volonté
de la sirène invinciblement attachée à le
perdre. Maintenant que l'ardeur de son sang
s'apaisait, il voyait bien que son cœur n'était
pas le complice de sa faute. Il lui avait suffi
de retrouver Angélique et de la revoir debout, toujours belle, pour se convaincre
qu'il n'aimait qu'elle, que seule elle régnait
sur lui souverainement, qu'il n'éprouvait
pour Vilma aucun sentiment semblable à
l'amour.

Non-seulement il n'aimait pas Vilma, mais, depuis quelques heures, elle lui faisait peur. Après avoir expérimenté la puissance de sa séduction, il redoutait l'éclat de sa vengeance. Puis il se demandait par quels moyens il couperait court à cette liaison à peine vieille de quelques jours, et dont il se trouvait tout à coup horriblement las, et plus il acquérait la certitude qu'il n'obtiendrait pas de Vilma qu'elle se prêtât à une rupture, qu'elle ne se résignerait pas à le perdre, qu'elle était capable, dans un accès de désespoir ou de colère, d'accomplir un acte de violente folie, pour se venger ou pour s'imposer.

— Il faut en finir, pensa-t-il, mais comment ? Cette liaison fatale, fruit de l'illusion, du caprice et du mensonge, n'est pas une liaison semblable à celles qu'à tout instant dans le monde on voit naître et mourir sans

bruit. Elle porte en soi un caractère tragique. Je n'aime pas Vilma, mais elle se
croit aimée, mais elle m'aime. Je suis pour
elle le premier, l'unique et le dernier amour.
Pour remporter sur moi la victoire, elle a
mis en jeu toutes les ressources de sa nature
souple, toutes les séductions de son âme
vierge. Pour défendre ce qu'elle considère
comme son bonheur, elle ne reculera devant
aucune extravagance. Elle est sans scrupule
et sans peur, esclave de sa passion, prête à
tout, même à se perdre pour me retenir et
me garder.

Les réflexions que nous essayons de
résumer ne conduisirent Bernard qu'à cette
constatation douloureuse, sans lui suggérer
aucun moyen qui pût éloigner les périls
suspendus sur sa tête. Il n'était que trop
clair que s'il tentait de briser son joug et de
faire entendre à Vilma d'autres accents que

14

ceux de la passion, il déchaînerait dans cette âme toute neuve de hautaines et intraitables fureurs. Il se rappelait l'expression farouche que quelques instants avant un simple soupçon avait mis dans les yeux de cette ardente fille initiée par lui aux mystères et aux joies de l'amour, dans une heure à jamais criminelle et maudite. Il ne pouvait donc lui demander d'oublier cette heure et de le rendre libre, car elle aurait le droit de se révolter et de lui répondre :

— Vous êtes éternellement lié à moi ; seul, vous n'avez pas le droit de me mépriser ; par vous, j'ai perdu le pouvoir d'être une épouse pure et une mère honorée. Il y a un crime entre nous. Séduit par moi, vous m'avez possédée au mépris de vos devoirs et des miens. Sincère ou non, l'amour qui nous a rapprochés rive à jamais votre vie à la mienne. Vous m'appartenez comme je vous

appartiens, et je ne reconnais qu'à la mort
la puissance de nous séparer.

Il crut entendre la voix même de Vilma
lui tenir ce langage. Il ressentit une indicible
épouvante ; une angoisse déchirante gonfla
sa poitrine. A travers les larmes qui jetèrent
tout à coup sur ses yeux un voile humide, il
regarda l'abîme ouvert sous ses pieds, et,
pour la première fois, la pensée de la mort
s'offrit saisissante et dominatrice à son imagination troublée par la fièvre :

— J'ai brisé de mes propres mains mon
bonheur et celui d'Angélique, murmura-t-il.
J'ai livré ma vie à une perpétuelle infamie,
et mon âme à des remords sans fin. Ne vau-
drait-il pas mieux mourir ? Que d'autres te
redoutent, ô mort ! moi, je t'appelle ! N'es-tu
pas la délivrance ? n'es-tu pas le repos ?

Son front se courba sous le poids d'un
immense accablement. Il plongea dans ses

cheveux ses doigts crispés, et comme un sanglot l'étouffait, il poussa un cri et s'abandonna à la douleur qu'excitait en lui l'image de sa femme trahie, de Vilma déshonorée, de la dignité et du repos de sa vie détruits à jamais ; mais une main se posa sur son épaule. Il releva la tête et regarda : Vilma se tenait silencieuse devant lui.

— Je pleure sur vous et sur moi, lui dit-il, répondant à son interrogation muette.

— C'est pour pleurer que vous êtes venu ici, en annonçant à votre femme, qui vous a cru, et à moi-même, que vous n'avez pu tromper, que vous alliez à Vallon ? A propos de quoi ces larmes ?

— Ne pensez-vous pas que notre situation est misérable ?

— En quoi l'est-elle aujourd'hui plus qu'hier ? Hier, vous ne pleuriez pas.

— Hier, je pouvais encore me faire illusion, je ne le veux plus aujourd'hui : j'ai commis un crime.

— Un crime ! contre qui ?

— Contre Angélique indignement trahie.

— Est-ce une raison pour en commettre maintenant un contre moi, en cessant de m'aimer, en songeant à m'abandonner après m'avoir promis de m'aimer toujours ?

— Vous savez bien à l'aide de quels moyens et de quelle séduction astucieuse vous m'avez arraché cette promesse.

— Qu'importent les moyens, puisque vous l'avez faite.

— J'étais fou ! objecta Bernard.

— Moi, je possédais toute ma raison, répliqua froidement Vilma. J'ai pris acte de vos paroles ; elles se sont gravées dans ma mémoire ; elles constituent entre nous un contrat sacré que ni l'un ni l'autre nous ne pouvons rompre.

14.

Comme il gardait le silence, elle s'assit auprès de lui sur les roches tièdes encore de la chaleur du jour ; puis elle reprit :

— S'il vous a suffi de revoir votre femme bien portante pour vous troubler à ce point, je peux craindre que votre amour pour moi ne soit bien fragile, et par conséquent menacé dans sa durée, que vous soyez déjà lassé de ma tendresse et que vous songiez à vous séparer de moi. Eh bien ! je vous supplie de ne pas vous engager dans cette voie. Vous n'y trouveriez que des catastrophes, car je ne veux pas vous perdre, et pour vous conserver tous les moyens me seraient bons, tous, entendez-le.

Il leva les yeux sur elle et la vit horriblement pâle, mais portant sur ses traits, dont l'émotion transfigurait sa beauté, une expression d'indomptable énergie.

— Des menaces ! fit-il à demi-voix, se parlant à lui-même.

— Eh bien ! oui, s'écria-t-elle, oui, des menaces : je me défends ! Ah ! revenez à vous, Bernard, ajouta-t-elle d'un accent plus doux. Que vous ayez commis ce que vous appelez un crime, dans une minute d'affolement, ou, comme moi, sous l'empire d'un invincible amour, vous avez été mon complice, et il vous est interdit maintenant de m'écarter de vous. Quand avec un enthousiasme que vous avez partagé je vous ai sacrifié toute ma vie, je savais bien que vous n'étiez pas libre de me consacrer toute la vôtre, et pas plus aujourd'hui que demain je ne vous en demande et ne vous en demanderai que ce que vous pourrez m'en donner. Mais si j'ai pu me résigner à vous partager avec une autre, je ne me résignerai jamais à vous perdre, maintenant que je me suis livrée.

Vous tenez notre bonheur dans vos mains. Il dépend de vous que je sois une maîtresse dévouée, paisible et docile; mais n'espérez pas me fuir. Je vous aime, et ce n'est pas pour être abandonnée que, victime de mon amour, je me suis exposée à la flétrissure du monde.

En prononçant ces paroles, et pour atténuer ce qu'elles avaient d'impérieux, elle enlaça de ses bras le cou de Bernard, le regarda fixement et dit avec tendresse :

— N'est-ce pas que vous n'avez pas cessé de me chérir et que les sentiments que vous exprimiez hier avec tant d'éloquence sont toujours dans votre cœur? N'est-ce pas que la peur seule met aujourd'hui sur vos lèvres ces accents odieux, si différents de ceux auxquels vous m'avez accoutumée?

— Ce n'est pas la peur seulement, c'est surtout la honte! fit-il en se dégageant de

cette étreinte passionnée. Ne comprenez-
vous pas le caractère odieux de la trahison
dont nous sommes coupables envers Angélique, vous, son amie, sa sœur; moi, son
mari!

— Vos regrets sont superflus, puisque
çette trahison est irréparable.

— Et puis, l'infamie de cet adultère dans
ma maison!

— Est-ce là ce qui vous trouble? demanda
Vilma, accueillant ces scrupules tardifs avec
un sourire de mépris. Je ne refuse pas de
quitter votre toit, si vous pensez que ma présence y crée un danger pour vous. J'irai
vivre dans une retraite cachée que seul vous
connaîtrez et où vous viendrez m'aimer
librement sans remords. Je ne refuse même
pas de me marier si vous estimez que nous
pourrons mieux dissimuler ainsi notre indissoluble union. Trouvez-moi un mari, s'il en

est un qui veuille épouser votre maîtresse et couvrir nos amours de son nom. Préférez-vous que je me perde publiquement avec éclat ?...

— Taisez-vous ! interrompit Bernard ; vous êtes folle !

— Je suis prête à tout pour vous garder ! répliqua Vilma gravement. Mais, quelque décision que vous preniez, ne cessez pas de m'aimer, Bernard : ce serait provoquer un malheur. Tenez, plutôt que de vous perdre, j'aimerais mieux vous voir tomber là et m'y précipiter avec vous pour y trouver la mort à vos côtés !

D'un geste d'une incomparable énergie, sa main désignait le gouffre du « désert brûlé, » sombre et profond.

— Oui, la mort ! fit machinalement Bernard, sans être surpris de retouver dans l'esprit de Vilma une pensée semblable à celle qui lui était venue à lui-même quelques instants avant. Autant ce dénoûment qu'un autre!

Ils revinrent lentement vers le château, oppressés et silencieux; Bernard toujours en quête d'un moyen de rompre sa chaîne; Vilma maudissant Angélique dont elle venait de constater l'inébranlable influence sur le cœur de son amant.

Quand ils rentrèrent, madame d'Argennes était remontée dans sa chambre en donnant l'ordre d'avertir son mari, dès son retour, qu'elle désirait lui parler. Il se rendit auprès d'elle.

—C'est elle qui me le prend! pensa Vilma dont cet incident accrut l'irritation.

VI

Bernard ne reparut qu'à l'heure du dîner.
Les instants qu'il venait de passer auprès de
sa femme avaient calmé sa fièvre et ses angoisses. Son visage s'était rasséréné, miroir
fidèle de son cœur, et Vilma devina sans
peine que cet apaisement était dû à la douce
influence d'Angélique. Elle ne put se contenir : elle entraîna Bernard sur la terrasse

15

déserte où s'allongeaient les premières ombres du soir :

— Vous vouliez me faire croire tout à
l'heure que le remords seul inspirait les
scrupules dont j'ai été la confidente : vous
me trompiez. Ce qui vous les a inspirés,
c'est l'amour ; oui, l'amour. Vous aimez
Angélique et vous entendez m'abandonner
pour retourner vers elle !

— Allez-vous me défendre d'aimer ma
femme, maintenant?

— Oui, si cela doit vous prendre à moi,
répondit-elle.

Il la regarda sans colère, rempli de pitié ;
puis mettant dans sa voix toute la tendresse,
toute la douceur dont il était capable, il
reprit :

— Reconnaissez, Vilma, que la vie que
vous voudriez nous faire serait impossible et
intolérable. Hier, vous ne prétendiez, disiez-

vous, qu'à une part de mon cœur; aujour-
d'hui, il suffit que je sois resté deux heures
dans la chambre d'Angélique pour surexciter
votre jalousie, et vous allez jusqu'à m'inter-
dire de l'aimer! Que serait-ce donc si je vous
laissais prendre sur moi l'empire que vous
voulez exercer? Vous chercheriez bientôt à
me séparer de ma femme, et si je refusais de
me montrer docile à vos désirs, vous tour-
neriez contre elle vos fureurs. Croyez-
moi, il faut nous séparer. Partez; retournez
dans votre pays. Restons quelques mois
sans nous revoir. Vous m'aurez bientôt
oublié.

— Vous arrangez ma vie au gré de vos
désirs et non des miens, interrompit-elle.
Vous décrétez l'oubli! En garderai-je moins
l'ineffable trace de vos baisers? En serai-je
moins souillée? Allez-vous aussi décréter
mon mariage et me conseiller de tromper un

honnête homme qui aura confiance en moi
et qui m'épousera me croyant pure? Voyez
jusqu'où va votre implacable égoïsme! En
m'éloignant de votre maison, vous me con-
damnez à accomplir une infamie, ou à vivre
éternellement seule, sans amour et sans
bonheur.

Il baissa le front, hors d'état de répondre,
car une fois de plus, ce que la situation contenait d'irréparable et de fatal éclatait dans
les paroles de Vilma.

— Mais nous sommes maudits alors !
s'écria-t-il en gémissant.

— Oui, si vous ne m'aimez pas; non, si
vous m'aimez.

Ce fut le dernier mot qu'ils échangèrent
ce soir-là; car brisé par les émotions de cette
journée, épouvanté par l'impitoyable exigence de Vilma, il s'enfuit et évita de se
retrouver avec elle.

Ce qui caractérise surtout les passions humaines, c'est leur mobilité. Cette séduisante et perverse créature qui, la veille encore, après avoir affolé le comte d'Argennes, parlait à ses sens avec une invincible éloquence, lui faisait maintenant horreur. Plus elle redoublait d'efforts pour le retenir, plus elle lui inspirait d'effroi.

Les jours suivants ramenèrent les mêmes troubles et les mêmes orages. Sous les yeux d'Angélique, qui ne comprenait pas, qui ne pouvait comprendre, une lutte aux péripéties menaçantes, était engagée entre Bernard et Vilma qui n'avait pas rêvé pour son amour un si lamentable lendemain, et refusait de s'y résigner. Bernard non-seulement se dérobait à toute explication, mais encore elle subissait l'âpre douleur de le deviner tendrement épris d'Angélique, plus sensible à

la douceur des pures tendresses, à la sécurité du plaisir légitime qu'à la fièvre des
baisers illicites et aux emportements de la
passion criminelle. Elle s'exaspéra peu à
peu : elle ne méritait pas après tout d'être
traitée avec cette rigueur.

Pour l'apaiser et éviter une catastrophe,
il aurait suffi d'un brin d'habileté. Un homme
accoutumé à ces terribles jeux aurait feint
d'aimer cette malheureuse fille. Il ne l'aurait
pas irritée par une persistance injurieuse à
fuir tout tête-à-tête avec elle. Il aurait solli-
cité par d'ingénieux prétextes, et sans doute
obtenu, une séparation momentanée. Il aurait ainsi atteint le moment où, la brûlante
fièvre de Vilma cessant d'être excitée par la
résistance qu'elle rencontrait, serait tombée
d'elle-même au contact des puissantes tentations que lui réservait à Paris le prochain
hiver.

Malheureusement le comte d'Argennes se
heurtait à cette violente aventure dénué de
toute expérience. La fatalité voulut que,
pressé de la dénouer, il n'employât que les
procédés les plus propres à l'aggraver. Livré
à lui-même, redoutant par-dessus tout que
sa femme découvrît la vérité, il commit imprudences sur imprudences, croyant qu'il
aurait facilement raison de l'amoureuse
Vilma. Il ignorait qu'à être complaisamment
satisfaites, nos passions s'usent et meurent
vite, mais qu'elles se fortifient au contraire jusqu'à devenir invincibles au contact des obstacles qu'on accumule devant
elles pour les détruire. Son ignorance fut
son excuse comme sa jeunesse avait été
son malheur.

Lorsque Angélique eut définitivement re-
couvré la santé et repris le cours de sa vie,
Vilma fut en butte à des épreuves plus

cruelles encore. Adorée de son mari, Angélique ne cherchait pas à cacher son bonheur.
Comme par le passé, chacun pouvait autour
d'elle en contempler le spectacle. A toute
heure l'amour de Bernard éclatait dans l'accent de sa voix, dans ses regards, dans l'influence qu'elle exerçait sur lui.

— L'ingrat! le lâche! se disait Vilma,
sombre témoin de ce bonheur; il n'aime
qu'elle et il m'oublie! Je ne lui inspire même
plus la pitié.

Elle se trompait : Bernard avait peur.
Honteux lui-même, il aurait voulu pouvoir
effacer de sa vie ces heures fiévreuses, fécondes en périls et en remords. Il tentait de
les oublier; il cherchait dans la tendresse
d'Angélique un refuge contre ses souvenirs.
Il veillait afin qu'aucun soupçon ne s'élevât
dans cette âme candide, dont le bonheur lui
était confié. Mais c'était son désespoir de se

sentir impuissant à prodiguer à Vilma les consolations que réclamait sa peine, et surtout d'être contraint de feindre auprès de sa femme, afin de lui cacher sa souffrance, son trouble et ses regrets des joies que sa faute ne lui permettait pas de savourer librement et l'âme en paix.

Pendant trois jours cependant, il put se méprendre au silence de Vilma et croire qu'elle se résignait. Mais le soir du troisième, vers onze heures, comme il se dirigeait vers la chambre de sa femme, Vilma parut devant lui :

— Je n'ai pas mérité votre abandon, lui dit-elle à demi-voix et sans colère, je n'ai rien fait qui justifie vos rigueurs : car, si je suis coupable, c'est seulement de vous aimer. Il est vrai que je ne peux pas vivre sans votre tendresse. Je me contenterai de peu, mais ne persistez pas à m'en priver entièrement :

15.

vous me rendriez folle et je serais capable d'accomplir un irréparable malheur.

Ces accents remuèrent Bernard jusqu'aux entrailles ; ils ébranlèrent sa résolution. Ayant regardé Vilma, il la vit toute pâle, les traits altérés, le visage amaigri, les paupières gonflées, les yeux brillants de fièvre.

Il n'eut pas la force de continuer le rôle cruel qu'il s'était imposé, et il répondit avec douceur :

— Si je possédais le moyen de vous accorder la tendresse que vous réclamez sans violer des devoirs sacrés, sans nous compromettre irréparablement, vous l'auriez tout entière. Mais que puis-je, Vilma, que puis-je ?

— Si vous m'aimiez, répondit-elle avec amertume, vous ne m'adresseriez pas cette question.

— Hélas ! je voudrais avoir le droit de vous
répéter que je vous aime !

— Quand vous me le disiez, il y a si peu
de jours, vous ne songiez pas à vous demander si vous aviez ce droit.

— J'ai été coupable, alors.

— Eh! que m'importe ! le véritable amour
ne connaît pas ces scrupules.

Il resta silencieux, perplexe, faible, devant l'irrésistible charme qui de nouveau
l'envahissait, le prenait tout entier. Vilma
continua :

— Ne m'abandonnez pas à l'isolement et
au désespoir, je vous en conjure ! Épargnez-
moi, épargnez-vous ; ne me poussez pas à
bout.

Il ferma les yeux, vaincu, obsédé par sa
tendresse ressuscitée, par une inexorable
tentation, peut-être aussi par la pitié. Il avait
perdu la force de résister et il se sentait en-

traîné vers l'abîme. Vilma devina son angoisse. De nouveau elle lui fit entendre ses
accents suppliants et passionnés, et acheva
sa défaite.

— Ordonnez, murmura-t-il, j'obéirai.

— Consacrez-moi chaque jour quelques
instants ; non des heures, ajouta-t-elle pour
le rassurer, des minutes. Un cri de votre
cœur, une étreinte sincère, voilà tout ce que
je demande.

— C'est un rendez-vous que vous voulez ?
Où ? quand ?

— Demain, à quatre heures, au désert
brûlé.

— J'y serai, reprit-il, en entendant derrière lui un bruit de pas.

Ils se séparèrent :

— Cette fois, je l'ai reconquis ! se dit
Vilma, qui rentra dans sa chambre heureuse
et transportée.

L'homme est composé de contradictions.
C'est son malheur et le signe indélébile de
sa faiblesse. Quand Bernard se retrouva
seul, il se repentit d'avoir cédé aux supplica-
tions de Vilma et consenti à renouer la
chaîne brisée.

— Quel misérable je fais ! pensait-il ; me
voilà de nouveau dans la honte. Suis-je condamné à y demeurer éternellement? S'il a
suffi qu'elle me parlât pour détruire mes résolutions et rendre inutiles et vains tous mes
efforts, que ne fera-t-elle pas de moi dans
l'avenir? Demain, je me trouverai en sa présence : si je me laisse attendrir, c'en est fait
de moi. Eh bien ! je n'irai pas à ce rendez-
vous! Mais, si je n'y vais pas, se dit-il ensuite, n'aura-t-elle pas le droit de me reprocher de l'avoir trompée, de m'être joué d'elle?
C'est alors que sa colère, légitimée par mes
promesses non tenues, la poussera à quel-

que parti désespéré. Non! je ne peux me dérober à son désir. Je ne le peux plus, je ne le dois pas. Pour éviter le malheur dont elle nous menace, je serai docile encore une fois. Mais l'entretien qu'elle a exigé sera le dernier. Aussitôt après, je partirai pour un long voyage. En mon absence, elle s'apaisera; à mon retour, elle sera disposée à écouter la raison, à accomplir ce qu'ordonne la sagesse.

Depuis longtemps sa pensée s'arrêtait complaisamment à ce projet de voyage qu'il considérait comme le plus efficace moyen de couper court à une situation odieuse. En prenant la résolution de le réaliser sur-le-champ, il crut accomplir un acte d'honnête homme, et réparer sa faute autant qu'il était en son pouvoir de le faire.

Il n'eut aucune peine à imposer à Angélique la nécessité de son départ qu'il justifia à l'aide de motifs improvisés, mais plausibles. Il ne fit aucune allusion à la durée probable de son absence qu'il se réservait de prolonger. Il décida qu'il partirait le lendemain dans la soirée pour se rendre à la station voisine où passait vers le milieu de la nuit un train express se dirigeant sur Paris.

Cette décision prise, il fut rassuré. Il se croyait au terme de ses angoisses et son sommeil, troublé depuis longtemps par le tumulte de ses pensées, fut paisible. Debout le matin, dès l'aube, il donna des ordres en vue de son voyage ; puis il monta à cheval avant d'avoir vu Vilma, poussa jusqu'à Vallon et, de là, se rendit chez ses fermiers. Il revint ensuite au château où il ne s'arrêta pas, et à quatre heures il arrivait au « désert brûlé ».

La sauvage grandeur de ces lieux s'im-

posait à tout le paysage qui leur servait de
cadre. Quelques nuages d'une blancheur
éclatante se détachaient sur l'azur du ciel;
perdus dans l'espace, ceints d'une bande de
vapeurs légères qu'argentait le soleil à son
déclin. L'ombre gravissait lentement le long
des collines dont elle voilait la base, en me-
naçant les sommets auxquels l'astre vermeil
imprimait encore d'ardents baisers. Partout
où elle se posait, le vent fraîchissait, s'annonçant par un doux sifflement qui réveillait
les échos au fond des gorges. L'automne
naissante jaunissait l'extrémité des feuilles
et multipliait à l'infini sur l'émeraude des
verdures des taches d'or, symptômes de
mort, éclatant dans la lumière, comme la
manifestation de la vie. Du hameau que tra-
verse la route, en bas des rochers abrupts
qui forment le « désert brûlé », des voix
d'enfants montaient claires dans la sonorité

de l'air transparent, mêlées à des chants d'oiseaux et à des rumeurs lointaines. Cette fin
d'un beau jour était radieuse comme une
aurore et mélancolique comme une pure
nuit.

Vilma avait devancé Bernard au rendez-
vous. De loin il vit sa fine silhouette se décou-
pant sur l'horizon. Elle était debout, ap-
puyée contre un rocher au bord du gouffre
béant, vers lequel ses paupières s'abaissaient
dans une immobile contemplation. Vêtue suivant sa coutume d'une robe noire qui dessi-
nait les formes délicates de son corps et qui
laissait à nu le haut de la poitrine, elle tenait
à la main, suspendu à un long ruban, son
chapeau de paille brune. La brise caressait
la masse lourde et soyeuse de ses cheveux
et couvrait son front de tremblantes boucles
folles.

Bernard fut impressionné par la tou-

chante expression de sa beauté. Dans ses
yeux, on ne voyait plus ni colère, ni haine,
mais seulement le trait d'une cuisante douleur.

Au bruit qu'il fit en arrivant près d'elle,
elle s'arracha brusquement à sa contemplation ; elle leva vers lui son visage défait, et,
sans quitter sa place elle lui dit :

— Est-il vrai que vous avez résolu de
partir ?

Bernard ne s'attendait pas à cette question. Il comptait annoncer lui-même à Vilma
la nouvelle de son départ après l'avoir préparée à en recevoir le coup. Mais, puisqu'elle
connaissait cette nouvelle, il ne pouvait plus
user de ménagements ni conserver un ton
calme à ce suprême entretien. Il ne prit pas
le loisir de réfléchir. La présence d'esprit
indispensable pour dénouer sans éclat une
situation aussi périlleuse lui fit défaut. Ce

qu'il comprit, c'est que s'il manquait de fermeté, s'il se laissait attendrir, s'il cachait encore la vérité, il était perdu, entraîné de nouveau dans le crime et cette crainte le rendit cruel :

— C'est vrai ! répondit-il, je pars.

Elle ne se récria pas ; son regard chargé de larmes fixa Bernard, puis de nouveau descendit vers l'abîme dont le soleil n'éclairait plus les profondeurs, image de son cœur que la destruction d'un dernier espoir venait d'envelopper de ténèbres.

Bernard suivit ce regard éperdu. Il se souvint que quelques jours avant, à cette même place, Vilma avait évoqué comme lui la pensée de la mort. En ce moment, il suffisait qu'elle fît un pas pour se livrer au gouffre. Il eut peur, s'avançant vers elle, il lui prit la main en prononçant son nom.

Elle se dégagea doucement de son étreinte et dit :

— Si vous partez, c'est que vous ne m'aimez pas.

— Vous vous trompez, Vilma, répondit-il pris d'une poignante anxiété, partagé entre la crainte de pousser Vilma à un acte de désespoir et la crainte de s'engager.

— Si vous m'aimez, emmenez-moi, reprit-elle.

— Vous savez bien que c'est impossible !

— Impossible ! pourquoi ? Redoutez-vous le scandale de notre fuite ? Alors, autorisez-moi à vous rejoindre à Paris.

Il secoua la tête tandis qu'elle continuait :

— Croyez-vous que ce matin, lorsque j'ai appris que vous quittiez Argennes, je n'ai pas deviné la vérité ? Vous voulez me fuir !

Qu'ai-je donc fait, moi qui vous chéris, pour que vous me haïssiez?

— Je ne vous hais pas, Vilma, s'écria-t-il ému par les accents de cette douleur sincère. Ah! Dieu m'est témoin que j'aurais voulu vous haïr, être toujours fort devant vous et n'avoir pas à me reprocher aujourd'hui les heures de faiblesse et de folie dont le souvenir vous fournit des armes si puissantes. Dieu m'est témoin que si ma vie était libre, je vous la consacrerais tout entière! Mais, vous le voyez, je ne peux rien, à moins d'être criminel et de vous envelopper dans mon infamie.

Sans entendre ces arguments invoqués en vain pour la toucher et la convaincre, elle posa sa tête malade sur la poitrine de Bernard, se fit un collier de ses bras et laissa tomber de sa bouche pâle des prières désolées que dictait sa passion.

— Vois comme je suis malheureuse.
N'auras-tu pas pitié de moi? Ta femme ne
t'aimait pas encore, ne te connaissait même
pas que moi je t'aimais. Que de fois j'ai
voulu chasser de mon cœur ton image! Je
n'ai pu, et c'est un espoir que je n'étais pas
maîtresse de dominer qui m'a ramenée près
de toi. Tu sais combien j'ai souffert, je te
l'ai dit, je ne t'ai rien caché. Puis un jour,
tes bras se sont ouverts, ton cœur rebelle
s'est fondu, tu m'as fait connaître les extases
de l'amour dans la douceur de tes baisers.
Et c'est après m'avoir entraînée dans ce pa-
radis que tu veux tout à coup me rejeter sur
la terre. Mais tu me tues, je te jure que tu
me tues.

--- Vilma! revenez à vous, je vous en
conjure! murmura Bernard éperdu.

Elle se pressa plus étroitement contre
lui :

— Si tu ne dois plus m'aimer, laisse-moi
mourir là! murmura-t-elle. Il serait cependant bien doux de vivre aimée, heureuse.
Je ne demande rien que tu ne puisses faire.
Je ne serai pas exigeante! Je me contenterai
des miettes de ta table, comme un petit
oiseau. De temps en temps un rendez-vous
où tu ne feras pas couler mes larmes et où
tu me rendras mes baisers, à cela se borne
mon désir. J'attendrai que l'amour de mon
cœur t'ait captivé tout entier. Et puis,
Angélique ne sera pas toujours entre nous.
Ah! cette Angélique, que de mal elle m'a
fait! C'est elle qui a perdu ma vie en me
volant ton âme; car tu m'aurais aimée
quand j'ai eu seize ans; aimée et épousée,
et tu serais mien, à moi seule, librement,
au grand jour! Comment t'a-t-elle pris?
Pourquoi me la préfères-tu? Je suis plus
belle cependant, et je t'aime comme elle ne

t'aimera jamais. Ah ! que de fois j'ai conçu
le dessein de la tuer ! Ici même un jour
j'ai été tentée de la pousser dans ce
trou profond ! C'est à cause de toi que
je ne l'ai pas fait. Ta tendresse seule l'a
protégée.

A ce trait qui lui révélait l'intensité de
la passion de Vilma, le comte d'Argennes ne
put se défendre d'un mouvement d'horreur
et de pitié ; dans ce mouvement, il la
repoussa loin de lui. Elle passa fiévreusement ses deux mains sur son visage ; sa
physionomie se transforma, exprima une
colère farouche :

— Ainsi tu ne m'aimes plus ? s'écria-t-
elle.

— Je ne vous ai jamais aimée ; je ne
veux pas vous aimer, répondit Bernard.
Voyez où vous m'entraîneriez, voilà que
l'amour vous inspire le crime.

— J'ai voulu te convaincre, et tu me reproches d'avoir été sincère, fit-elle d'un accent qui révélait la démence. Eh bien ! le crime, c'est ta conscience seule qui en portera le fardeau, Bernard. D'une tendre parole tu pouvais me sauver. Ton implacable rigueur ouvre ma tombe. Je te lègue le remords de m'avoir tuée !

En proférant ces paroles, elle franchit d'un pas l'arête rocheuse au delà de laquelle s'ouvrait l'abîme.

Bernard, affolé comme elle, l'appela d'un accent désespéré et s'élança pour la retenir.

Sur une étendue de quelques pas, et avant de se couper brusquement sur le vide qu'il surplombe, le rocher forme une déclivité rapide. Bernard s'engagea sur cette pente et parvint, grâce à sa vigueur, à saisir Vilma, qu'il crut sau-

16

vée. Mais elle se retourna brusquement, jeta ses bras autour de son cou dans un transport qui n'avait plus rien d'humain, et, malgré l'effort suprême qu'il fit pour se rejeter en arrière, elle l'entraîna dans sa chute, en clouant sur ses lèvres le dernier cri de son fatal amour.

— Meurs avec moi ! Angélique ne t'aura pas ! Bernard, je t'aime !

Précipités dans le gouffre, les malheureux roulèrent enlacés à vingt mètres au-dessous, à l'extrémité d'un terrain en friche qui formait saillie sur une des pointes du rocher, entre deux coulées de basalte ; mais la brutalité du choc les sépara.

Tandis que Bernard restait à cette place, inanimé, le corps de Vilma rebondit, et de nouveau lancé dans le vide, alla tomber tout au fond, sur la route, où il s'écrasa.

Des paysans, témoins de cette tragique catastrophe dont l'origine leur était inconnue, relevèrent l'infortunée créature, morte, les membres brisés, et coururent ensuite au secours du comte d'Argennes.

Sa chute n'avait pas été mortelle. Le médecin, appelé en toute hâte, déclara qu'il le sauverait. Il en donna lui-même l'assurance à la comtesse en ramenant au château son mari, auprès duquel il s'installa.

Dans le désastre tragique de cette soirée, alors qu'Angélique s'attachait à rappeler Bernard à la vie et s'efforçait de dominer le déchirement que lui causait la mort de Vilma sans oser s'interroger encore sur les causes de ce malheur, la femme de chambre de celle-ci vint tout en larmes lui remettre une lettre trouvée dans les vêtements de sa jeune maîtresse au moment de l'accident.

Cette lettre ne contenait que quelques lignes :

« Angélique, j'aime Bernard depuis longtemps. J'ai perdu la force de vivre sans son amour, qu'il me refuse. Je suis jalouse de sa tendresse pour toi, et je ne peux me résoudre à te laisser jouir du suprême bien que tu m'as ravi. J'ai donc résolu de mourir s'il résiste au dernier effort que je tente pour conquérir son cœur et de l'entraîner dans ma mort. Pardonne-moi le mal que je vais te faire.

VILMA. »

FIN

TABLE DES MATIÈRES

CLICHY. — Impr. PAUL DUPONT, rue du Bac-d'Asnières, 12.